九篇雪

李娟 著

图书在版编目（CIP）数据

九篇雪 / 李娟著. -- 广州：花城出版社，2024.6（2024.8重印）
ISBN 978-7-5749-0249-7

Ⅰ．①九… Ⅱ．①李… Ⅲ．①散文集－中国－当代 Ⅳ．①I267

中国国家版本馆CIP数据核字(2024)第089973号

出 版 人：张　懿
责任编辑：文　珍　周思仪　王子玮
技术编辑：凌春梅
责任校对：汤　迪
封面设计：棱角视觉 ANGULAR VISION

书　　名	九篇雪 JIU PIAN XUE
出版发行	花城出版社（广州市环市东路水荫路11号）
经　　销	全国新华书店
印　　刷	深圳市福圣印刷有限公司（深圳市龙华区龙华街道龙苑大道联华工业区）
开　　本	880毫米×1230毫米　32开
印　　张	9.125　1插页
字　　数	150,000字
版　　次	2024年6月第1版　2024年8月第2次印刷
定　　价	48.00元

如发现印装质量问题，请直接与印刷厂联系调换。
购书热线：020－37604658　37602954
花城出版社网站：http://www.fcph.com.cn

我总很满意每一个此时此刻的自己，总觉得自己一直都是走在越来越好的路上。

　　……但是读这本书时，就有点动摇了。

　　又感到自己现如今所有的好，可能是因为舍弃了另外的种种的好才得以存留和壮大。

——李娟

新版序

在这本书第五次再版的审校过程中，编辑老师对文中的"丁"字产生疑议。我在写到四川老家的相关文字时，习惯用这个字。因为在我的认识里，它的发音为"该"，是方言"街"的意思。并非我的杜撰，很多年前，这个字确实应用在我所在的那个小县城的现实中的角角落落。比如，那时，我们大院的铁皮门牌号写的就是"XX镇X丁X号"。政府公告栏上的通知里，张贴的文件上，提到某某街道，都用这个字。印象极为深刻。但现在，这个字在字典里的发音成了"处"，意为小步行走，通常和"彳"组为词组。短短二十年，消失得干干净净。

在这个失控般飞速发展的时代里，文字的发展仿佛是其中最不起眼的一种，无论是文字的演变还是规范化，都不曾掀起过什么大的社会波澜。但文字所记录的却正是所有波澜。写作正是"改变"和"不变"之间的思考。因此，哪怕"丁"这个字已经成为了错别字，我们仍决定保留它。一份小小的个人情怀吧。

写这篇序好像只为了说明这一个字。

可能前两版的自序用力过猛了，以致到了这一版，突然没啥想说的了……

那就说说这些年的变化。如前两版自序所说，当年确实嫌弃这本书。2003年首次出版后，甚至都不打算再版了。但十年后，也就是2013左右，市面上渐渐有了盗版，只好出了第二版。接下来一路出到了第五版。心态也越来越好。尤其二十年后的今天，再看这些文字时，再也不会觉得："年轻时候写得真差劲！"反而有些沾沾自喜："起点还是蛮高的嘛！"——年龄增加带来的福利之一，就是总算没那么别扭了，总算认同了自己的一切。

谢谢二十多年来的所有读者。

2024 年 4 月 14 日

四版自序

今年五月，在长沙的一场读者见面会现场，一位上了年纪的读者主动要求为大家朗诵一段我的文字，说那是他最喜欢的一篇。令我吃惊的是，他选择的居然是我近二十年前的处女作《九篇雪》中的《蝴蝶路》一文。这篇文章内容混乱而激动，隐晦又不安。不知是哪里触动了他，不知当年写这篇文章时的那个青涩中二的我和此刻这位已经退休的读者之间有什么神秘的共鸣。我感到，虽然这些文字的生命由我赋予，可我不一定了解它们，它们的命运远不受我的掌控。

尤其没想到，它会一版再版直至三版，从二十年前一直走到了今天。

是的，这是我的处女作。大约写于一九九八年至二〇〇一年。坦率地说，和我之后越渐稳定、从容的创作相比，我一直都不满意这部作品。或者说，我不满意写出这部作品的当年那个自己——她潦倒、狼狈、无知、轻佻，是笼中之鸟、井底之蛙；空有大把的青春与自信，盲目任性，横冲直撞，不停摔倒，但是从来不怕疼。

我悔耻少作，羞于多谈，却阻止不了这本书在世上走过了这么年仍没能停下脚步，没能熄灭火苗。它青涩造作，却仍然为许多陌生人所需，仍然能打动各种陌生的心。我想，可能曾经那个糟糕的自己，那段难堪的青春，也正是许多人曾有过的或正在经历的真实的生命状态吧？可能我那些不自然的尖锐的讲诉，恰好击中了他们情感的靶心。而我呢，今天的我虽然否定了这本书，可二十年前的我，却强烈地需要这样一本书，需要这种混乱却勇敢的探索与倾诉。二十年前的我只顾着自己宣泄，却无意中打开了千万淤滞心灵的阀门。

况且，我虽然不认同过去的那个自己，却无法剥离她。我如今的一切都蜕自她辛苦形成的那枚死茧。我源于她。我羡慕她。她可要比我勇敢多了。她从童年和青春中赤手空拳闯了出来，还顺便把我也带了出来——好像从一场大火中把我救了出来。假如非要让我指认一个这个世界上对我帮助最大的人，那我就坚定地选她。这个世界上，我最感谢的就是她。

由于校稿，我把这本书重读了一遍，感觉大大异于六年前再版时的审读。

六年前我刚写出了《羊道》和《冬牧场》，写作感觉趋于节制和敞亮。那时，我对这本处女作嫌弃得不得了，眼睛不是眼睛，嘴不是嘴的。以至于一直影响到这一次的阅读，读得非常艰难。不过读着读着，感觉渐渐有了变化。才开始，一直忍受自己早年的缺陷，慢慢地，开始吃惊于自己早年的执着。我总很满意每一个此时此刻的自己，总觉得自己一直都是走在越来越好的路上。今天比昨天好，今年比去年好，十年后比十年前好……但是读这本书时，就有点动摇了。又感到自己现如今所有的好，可能是因为舍弃了另外的种种的好才得以存留和壮大。我曾经丰富又奢侈，现在的我却只有一条路可走。虽然活在世上只需要一条路就够了，但年轻时那种面对无数道路任意选择的蓬勃野蛮的生命力已然退潮。当然，我也没有否定现在，只是吃惊于时间的神秘与成长的神奇。

好吧，作为我的早期作品，作为地质岩层的一页，这本书是我个人的纪念册，留存了我那极度没有安全感却充满奇异希望的少女时代的真实影像。喜欢我文字的老读者也许会爱屋及乌，好奇于我的过往，可能这就是这本书另外的一点意义（虽然我希望我呈现的是一部部文学作品，而不是自传）。在这本书里，我写了许多自己看到的故事和听来的故事。和我后来的所有文字一样，视野统统局限于个人经历。其中有一部分篇章显然是小说的结构。但却并非虚构，是我把从我妈或其他人那里听来的故事融入了自己的胡思乱想。对于当时还没有什么人生经历的我来说，那些故事奇异尖刻，令人莫名激动。在青春期所有不眠长夜里，我反复幻想它们的一切细节，仿佛它们是未知的前方命运的巨大隐喻。越晦涩越阴郁我就越迷恋，仿佛越黑暗越逼仄的出口，才是我释放渴望的唯一途径。二十年后，我已经和那团乱麻毫无关系，只和快刀有关系。二十年后我可以举重若轻地处理绝大部分纷乱情感。但二十年前我却拿它们一点办法也没有，拿自己的激情与任性一点办法也没有。只能发泄般地喷涌文字，泥沙俱下，重重堆积。

现在的我仍然着迷于各种听来的奇闻轶事，却很难深陷那种庞杂蓬勃的欲望之中了。我仍然还在用文字自我表达，但脚下道路已经远离所有分岔口，有了坚定的目标。

再说一个关于这本书的秘密：听说每一个作者的创作，其实都有特定的倾诉对象。如今我所有的文字都是写给所有陌生人看的，充满寻求与试探。可这本书却不一样，当时，只为了写给一个人看，只为了向一个人倾诉。是的，这本书的秘密是爱情。写这些文字的时候，我正深深地爱着一个人，对他的爱意和渴望浸透字里行间。可能这本书的魅力之一正在于此——因为暗藏爱情而流露"天知地知"的神秘美感，有深邃的歧路，有迷人的偏执，以及深陷情爱中的人才流露的迷茫、才会有的倔强……话说这场爱意持续十年，它滋养着我也消耗着我。由于缺乏回应和帮助，这个巨大的爱情渐渐变成巨大的包袱。十年后，几乎就在一夜之间，突然就不爱他了。感到又痛苦又轻松。我很满意这样的命运：爱来如山倒，爱去如抽丝。

在六年前的再版序里，我却把书里的不稳定的情绪全推给当时对外婆病情的担忧……由此可见，就在六年前，我还不太能面对自己那点心思呢。

最后，还有一个关于这本书的小故事。第一稿结束后，我去乌鲁木齐交稿,途中却把所有稿件都遗落在搭乘的车上……那时的我,写作时总是在底稿上反复修改,涂抹得天书一般。好容易誊写清楚后,绝大多数的草稿就顺手扔了,眼不见心不烦。就算没扔,日子久了,那些鬼画桃符谁还认得出来!总之,当时带着天打雷劈般的心情回到了富蕴县,又花了几个月时间,绞尽脑汁重写了一本书……现在的《九篇雪》正是这第二稿。我总是对这本书不满意,可能还有一个原因,就是"失去的往往是最好的"这种逻辑在作祟吧?

这一次的序,还是要以感谢来结束——感谢三版的出版方,感谢二十年来的所有读者,感谢所有时刻的自己。

2018 年 10 月

再版自序

　　二〇〇〇年夏天，我二十一岁，已经在乌鲁木齐打工一年多，处境狼狈，便再次回到夏牧场上的杂货店，和妈妈、外婆一起生活。没多久，我九十岁的外婆摔了一跤，瘫痪了。为便于治疗，我离开了牧区，在县城医院附近租了一间房子，一边照顾外婆，一边写作。写了整整一个冬天，外婆终于有所恢复，我呢，也有了现在的这本书。

　　那个冬天是那些年里自己唯一的一段最完整、最平静的写作时光。书写得还算尽兴，虽然总是为外婆的病情难受，为未来担忧。这些情绪难免渗入了写作之中。

　　而这本书的初次出版则在二〇〇三年的春天。出版后没几个月，在读过这本书的两位朋友的帮助下，我结束了多年的动荡生活，进入机关上班，从此有了一份稳定的收入和稳定的生活，并在业余时间展开了稳定的文字创作。也正是通过这本书所打开的道路，我继续前行了很久，写出了后来的《阿勒泰的角落》《我的阿勒泰》及《走夜路请放声歌唱》。直到现在的《羊道》系列和《冬牧场》，差不多都可算是这本书的延续。

　　可我是骄傲的人，多年来一直为自己年轻的笔力与年轻的矫情感到羞愧，怎么也不肯再版此书，只摘取了很少的一部分放入《我的阿勒泰》一书的最后一章中。可最近几年，越来越多的读者开始对它有需求，一些购物网也开始出售它的复印本和电子版，制作粗糙，错漏连篇。令人非常不安。于是，在这个夏天，在整修农村旧房子的紧张又劳碌的时光中，一闲下来就翻出电子版，断断续续读了一遍，时不时陷入当年那些欢喜和激动之中。仍然也会有羞愧，却已经很坦然了。于是决定再版。

幼稚也罢，矫情也罢，无论如何，眼下这些文字所对应的是曾经的一个真实的自己。只不过那个自己太年轻了。可年轻不正是幼稚与矫情的土壤吗？也正是同样的土壤，又长出了后来的坦率与勇力。一切走在必经之途上，一切毫无意外，一切无须后悔。

这些年来，总是听到很多声音称我为"天才"。可我想，所谓天才，应该是指那些起步早、起点高，一开始就能做到最好的人。而我，我并不是突然就成为了现在这样的自己。我的写作有着漫长而明显的进步过程。我不是天才。再说，三十多岁的天才，也实在说不过去。

总之，像最初的自己又站到了面前，《九篇雪》又出现在这世上。在保留旧版本基本面貌的基础上，新版本修正了所有别字（实在搞不懂旧版的错字怎么会那么多！）和病句，已然全新的面目。感到松了一口气。

这本书的出版，既是为了纪念，也是为了感谢吧。

感谢刘亮程先生，当年正是他促成这本书的初次出版。

感谢李敬泽先生,二〇〇一年,他为我在《人民文学》上发表了这本书中的同名文章,是我在写作之初得到的最隆重的鼓励。

感谢贺新耘贺姐,我们正是通过这本书结下珍贵的缘分。二〇〇三年,她特意找到书中提及的沙依横布拉克夏牧场去看我。除了生活上的关爱,还帮我四处推荐文字,于是《南方周末》二〇〇四年为我开设专栏,自此,我的文字开始进入内地读者的视野。为此一定要感谢当时的编辑马莉,虽少有交流,但总是能感到她的诚善与认同。

还要感谢陈村先生,我们同样也缘于此书在网上结识,这些年他为我殷切发声,并助我打开了后来的出版道路。

还有其他所有的不吝于赞赏的编辑与读者,谢谢你们。正因你们,在写作上我从不曾灰心过。

2012 年 9 月

目 录

第一章 绣满羊角图案的地方

交 流	3
马桩子	7
小孩努尔楠	12
赶 牛	17
在河边	21
妈妈知道的麻雀窝	33
绣满羊角图案的地方	38
吃抓肉的事	45
行在山野	51
吃在山野	61
穿在山野	73
住在山野	80
野踪偶遇	92

第二章 这样的生活

外婆在风中追逐草帽	101
什么叫零下四十二度	105
牛在冬天	108
花脸雀	114
富蕴县的树	120
落叶的街道	124
房子破了	128
荒野花园	133
魂断姑娘崖	142
挑 水	147
像针尖	150
空手心	160
这样的生活	167
和鸟过冬	170
有关酒鬼的没有意义的记叙	174
补鞋能补出的幸福	189

第三章 草野之羊

九篇雪	199
草野之羊	212
星　空	215
森　林	219
蝴蝶路	223
童　年	226
暴雨临城	235
孩子的手	238
风雪一程	252
南戈壁	257
故　事	267

第一章

绣满羊角图案的地方

交 流

让我苦恼的是,无论我说什么都无法让叶肯别克理解——

"啊,叶尔肯,你怎么在这里?"

"啊,你好!你好!好好……"

"你也好!"

"是的,对对对!"

"你干什么去?"

"好的,可以可以。"

"我现在要到那边去一趟。"

"是的是的。"

"这几天怎么不去我家玩了?"

"好!可以!"

"我外婆这几天生病了。"

"对对对!是的!"

我耐着性子，比画着对他解释：

"外婆——就是我家的那个老奶奶，躺在床上——胳膊，不能动，呃，这个——腿，也不能动——不吃饭，难受极了……"

"啊——那太好了！好得很嘛！"

我真想把手里拎着的包拍在他脸上。转念又想，这也不能怪人家，他看我指手画脚指天画地的，可能以为我在和他谈天气。

"好吧，再见。"

"好，再见再见！"——这次居然听懂了。

我看到他满脸阳光灿烂地转身离去时，似乎也大松了一口气。

只有我妈才能准确无误地和这个人完成各种交流。倒不是我妈的哈语有多好，只不过她更擅于想象而已。而叶肯别克则更习惯误打误撞。误打误撞倒也罢了，偏还要赔上满脸诚恳的、"我能理解"的表情。

有那么一些清晨时光，进山贩羊皮的维吾尔族老乡总是围着我家砌在沼泽边的石头炉灶烤火取暖。我外婆在炉边做早饭，大家一边烤火一边你一句我一句地恭维我外婆高寿、身体好，能干活……而我外婆一直到最后都以为他们在向自己讨米汤喝。更有意思的是，我外婆偶尔开口说一句话，所有人立刻一致叫好，纷纷表示赞同，还鼓起掌来。哪怕她在说："稀饭怎么还不开？"

那些时候，我和我妈总是在赖床。我俩缩在不远处的帐篷里悄悄地听，笑得肚子痛。

当然，总有些东西，即使表达不畅，仍然易于理解。比如友谊，比如爱情。小孩努尔楠只要静静地瞅你一会儿，你就会不由自主抓把糖给他；而小伙子们若老是赖在帐篷里不走，则一定要发发脾气，否则就会糊里糊涂有了一大堆男朋友。

说到这个，倒让人想起来，其实与叶肯别克的交流也并非每次都是失败的。至少有那么一两次沟通成功了。

那天，我们在山谷口的草地上相遇。他问我："你妈妈去县城了吗？"

我说是的。又说："一个人真没有意思啊。"

他马上来了精神："那明天和我钓鱼去吧！"

我说："好啊。"鬼才去。

他满眼放光："我们进到那边的山里去！"

"好啊！"想什么呢，把你美的。

"去摘那个草莓好不好?"

"行啊。"呸。

"草莓可好吃了!"

"真的?"

"可多了,你都不知道有多少!……"

"……"

"……从山上往下看,一个也没有;从山下往上看,红红的一片。全藏在叶子下面呢……"

我望着他,草地向四面八方展开。那一刻居然有些迟疑了。想起我妈有一次从那个方向的大山里回来时也给我捎回了一大把草莓,并且也是那么说的——摘草莓要从山下往上看……

野草莓红红的,小小的,真的很好吃。

至今一想到草莓,总会想到那片美丽的草地上的那场美丽谈话。不知道是草莓使那一刻时光变得如此透明美好,还是那些话语渲染了一颗草莓。

真的,我从没像那一刻那样殷切渴望过交流。

马桩子

讲一些马桩子的事情。

我们才搬到沙依横布拉克牧场时,生意惨淡。那一年,七年一度的阿肯弹唱会设在了库委沟那边。听说可能因为这个原因,人们全都往那边跑了。这片夏牧场上的毡房少得可怜,原先珍珠一般撒遍山野,那一年稀拉得令人心寒。

一起做生意的伙伴们一家一家地搬走了,不久后这片草地上只剩下了我家和另外两三个帐篷,寂寞地面对着更寂寞的山谷。

我家实在没有能力搬家,我们雇不起车。没办法,生意太惨淡了,我们连搬家的钱还没赚出来呢。只好眼巴巴地看着别人走。那一段时间总是下雨,总是刮风,我们洗了搭在柴禾堆上的衣服总是会被吹到沼泽里去。我们这个家很简单,因为我们总是想着离开,什么都是临时的,什么都在将就、凑合。

当最后一位关系密切的老乡也开始拆帐篷装车时,我们的衣服又一次被风吹走弄脏了。我妈气极,拿着斧头在柴禾堆里噼里啪啦砍了一阵,整出两根碗口粗、两米长的木头来。然后在沼泽上大力挖坑,想立两根桩子,之间牵根铁丝,做成一个正儿八经的晾衣服架子。她一边做这些,一边冲着正为搬家而忙得不亦乐乎的那群人大喊:"你们走吧——走吧!我要在沙依横布拉克扎根了!"又"砰"地把木头栽入挖好的大坑,又喊:"展开崭新的人生!"再砸一下,再喊:"生根发芽!"很豪迈很悲壮的样子。

他们在车上冲我们的新晾衣架欢呼,祝我们生意兴隆,祝我外婆万岁。

结果,不知是心诚还是怎么回事,架子一立起来,生意一下子好得不得了。细察究竟,果然是晾衣架的功劳!不过现在不能称之为"晾衣架"了,因为所有来到沙依横布拉克采购日用品的牧民们都拿它当马桩子拴马呢。

以前吧,大家骑着马来到这儿,绕着这片帐篷区走半天,终于在河对面才找着桩子系马。然后顺便在河对面的店里买东西。等转到我们这边时,东西都差不多置齐了,顶多探头进来瞅一下便走。而现在他们一来,径直在我家门口系上马就走进帐篷,照着老婆开给的纸条三下五除二买齐了东西,打好包,寄放到我们这儿,再到另外的店里慢慢转。临走牵马时再顺便进来看一看,是否还有落下忘买的或临时想到要买的东西。

再加上这条山谷里的生意人走得没剩几家了,也没了竞争,所以嘛——

我妈一高兴,一口气又在门口立了一大片桩子。

每当我们弯腰走出帐篷,一抬头,门口一大片马,连旁边柴禾堆上也系的是(也不怕马拖着柴禾跑了),简直让人没办法通过。

我们跟着转场的牧民来到巴拉尔茨。这回不用搭帐篷了,我们在一个村子里租了间正儿八经的土墙房子。虽然又黑又破,虽然地上扫不完的土。

这里生意倒是不错,因此从没动过栽几根马桩子的念头。而且也没那么多时间,我们整天都得忙着在柜台里收钱。

还好马缰绳一般都挺长,进商店的人不用拴马,直接牵着绳子进店,马就在外面等。绳头挽个圈随手挂在铺着长短不齐的木板的柜台边缘,倒也省事。碰到缰绳短的,够不着柜台的话,那人就把头从门口探进来打个唿哨,我妈一推我:"去!"我就乖乖跑出去,接过绳子,站在外面替他牵马。他则不紧不慢进房子和我妈慢慢打招呼,喧话。

说不定我把马骑走,绕着村子兜几圈回来,他还在慢条斯理地选购东西。

有时候牵的会是一峰骆驼。我拉一下绳子它点一下头,跪下去。我又拉一下,它再点一下头,站起来了。我拉个不停,它开始不耐烦,左右摇晃着头,磨着牙,突然大步向我走来。我吓得丢了缰绳就跑。

在巴拉尔茨,我就是一根马桩子。

喀吾图小镇的马桩子立在镇上唯一一条马路的尽头,面临河边一大片墨绿的草场。一、二、三、四、五、六,一共六根。这是真正的马桩子,粗壮、高大,衬着对面山坡上一座座东倒西歪的泥土房屋,很古老,很乡村的感觉。周围没有树,视野开阔。只有它们疏疏密密,高低参差地立在天地间,稳然、怆然。

平时那儿很冷清,偶尔系一匹马,"古道西风、人在天涯"。不过牧业上下山经过就不一样了,那一处挤的全是马,五色斑斓一大片。加上马鞍子、毯子,以及披在马背上、垂在马腹下的彩绣饰带……好一片图案与色彩的海洋！让人眼花缭乱，目不暇接。喀吾图别的哪个地方都没有这里这样热闹。

我每天挑水时都会经过那里，总是抬头望着眼前的桩子，从第一根数到最后一根，再从最后一根数回来。数一根走一步，咬着牙数的。那几根桩子似乎一根一根栽在心里，那个数字和桶中的水一起，从桩子上砸下去，一下一下地，似乎要把桩子砸到完全没顶。

雪化完后，一个年轻人坐在高高的桩子上拉风琴。他坐得那么高，身后全是蓝天。我曾在一次婚礼的晚宴上见过他，他那时没拉手风琴，只是在宴席中静静地坐着，就像在那高高的马桩子上坐着时一样的。后来我向马桩子走了过去，他就拉起琴来，琴声从马桩子间一根一根绕过来，来到我面前。

小孩努尔楠

小孩努尔楠的声音属于那种音量不大，穿透力却特强的类型。娇脆、清晰，像是在一面镜子上挥撒着一把又一把的宝石——海蓝、碧玺、石榴石、水晶、玛瑙、猫眼、紫金石、霜桃红、缅玉……叮叮当当，晶莹悦目，闪烁交荟……等你缓过神来，俯首去拾捡的时候，另一把又五光十色撒了下来，真正的"应接不暇"啊。而对我来说，这小孩声音的最大魅力还是在于：他的话我一个字也听不懂。

但他才不管这些呢！他只管说，很认真地娓娓道来，神情专注，以强调自己正说着的这件事是必须得到重视的。他眼睛黑白分明地望着我，时不时夹着一两个手势进行补充或加重语气。有时也会停歇三两秒，等我表态。看我不说话，又独自解释或补充了下去。表情越发郑重，内容之严重性直追环保、和平与发展。

最后，我终于迫使自己从这片魅惑力极强的语言氛围中清醒过来，努力地、仔细地辨识着其中似曾相识的哈语词汇……

终于听懂了——

他在反复地说："……苹果有吗？瓜子有吗？糖有吗？汽水有吗？……"

我说："钱有吗？"

说完这话，立刻后悔得想踢自己一脚！多没水平！多煞风景，多俗气！

果然，他听后愣了一下，睁大了眼睛，不可思议地微张着鲜艳的小嘴："钱？……钱……"然后神情立刻沮丧下来，一副被伤得体无完肤的样子。

我连忙赔着笑，抓了满满一把杏干，又抓了一把瓜子，统统塞给他。小家伙噙着眼泪微微嘟囔着什么，接过来，再慢而小心地把散落在柜台上的瓜子一颗不漏地抹入胸前的小口袋里。然后仍是一副难过万分的样子，转身一步一步，委委屈屈地走了。

我妈说："这小孩简直比我还贼！"

我可不那么认为，毕竟还只是个孩子嘛。四岁还是五岁？

下次努尔楠再来的时候，仍然是坦然晴朗的样子。这回什么也没说,首先递上来一张绿色的纸片。

"你看你看!"我接过那张钱在我妈面前晃了晃,然后往这小孩衣兜里满满地塞了糖和瓜子。他欢天喜地地走了。我妈说:"不过两毛钱,看把你高兴的!"我高兴的可不是这个,努尔楠实在是一个可爱的孩子。

可是,他总是穿着褴褛而宽大的衣服,长长的袖子一直垂下来盖住指尖,上面打满了补丁;肩缝上脱了线;鞋尖被大拇指各顶出一个洞来。但他并不为此感到些许的难为情。他回过头来,像戏剧里甩水袖一样把小手从肥大的袖子里抖出来,扒在柜台上,露出鼻子以上的部分,神情专注而坦白。山里不会有因衣着简陋而局促不安的小孩,因为所有的小孩都是那副样子。甚至我也是将开襟毛衣套在西服外套外面的,里三层外三层套了一大堆裤子,还光脚趿了妈妈的那双大两号的凉鞋,整天"呱嗒"而来"呱嗒"而去。

小努尔楠小胳膊小腿儿,小而整齐的模样像很多动物小时候那样可爱,比如小鸡,小羊羔,小猪小狗小兔子等。可如果这小人儿再领一个又小了一号的小人儿站在一起,那情景更令人稀罕了。那个小人儿可能是个弟弟,小得连名字都问不出来,不过可以摇摇晃晃走路了。努尔楠牵着他从草场尽头远远走来,得好半天工夫才能磨蹭到河边浅水段处。然后大的弯腰抱起小的——当然只能勉强使小家伙双脚离开地面而已。他紧揽着弟弟的肋下,努力向后弓着腰,仰着脸,在哗哗水流中打着趔趄往前走。弟弟被他架在胳膊下似乎相当不舒服,缩着脖子,小肩膀被梗得高高耸起,衣服也撩得老高,小肚皮都露出了一大截,双腿直直垂着,比上吊还难受。相信看到这幕情景的所有人都会立刻冲上前,跳进水里,一把捞起两个小不点统统撂上岸。

弟弟,倒是没见他说过话。努尔楠大珠小珠落玉盘地阐述他的意思时,弟弟就极其严肃地望着他,还微皱眉头。假如努尔楠站在他左边,他眼珠子就往左边瞅;努尔楠站在右边,就往右边瞅;假如努尔楠站得太高了,他就努力把眼珠子往上翻——反正脑袋是绝对不会摇来晃去地乱动的。整个人儿看起来端正极了。

我问努尔楠家在什么地方。他向山谷尽头指了指,为了表示极远,还是踮起脚尖指的。然后又叮叮咚咚独自说出一大通来。我拼命猜想这其中有没有一句是欢迎我去他家做客。

今年沙依横布拉克这一带毡房十分分散,一个绝不会在另一个的视野之中,我真想知道像小努尔楠这样的孩子究竟怎样在各自偏远寂寞的童年中成长并快乐着的。他的父母总是会很忙,除了牧放牛羊,夏天还得晾制够一整年食用的干奶酪,还得剪羊毛、擀羊毛毡、打草;他的弟弟总是不说话,他没有同龄的伙伴;他不知道转场之路以外的世界;他的父母不会给他什么钱,而在这样的地方,他有钱也买不到什么东西;他没有汽车模型、卡通玩偶和"开发智力"的模板图片;他甚至不懂些许的汉话。无论他多么认真专注地表达,也只能让我理解这表达的"认真专注"。就像他满心明朗的世界,除了令我感觉到其明朗之外,再一无所知。我天天看到努尔楠远远地穿过山谷向我们这一片帐篷区走来。到地方后,不停地对这个说什么,对那个说什么。仰着脸,双手摊得很开,比画着,有时还转身在原地绕个大圈,表示他描述的东西足足有那么大。

我盯着他看了半天,突然想听听,他弟弟又会说些什么。

赶 牛

我听到帐篷后面的塑料篷布哗啦啦作响,很快整个帐篷震动起来。不好!顺手操起一个家伙就跑去赶牛。绕到帐篷后面一看,好家伙,整整齐齐一大排。乘凉的乘凉,蹭痒痒的蹭痒痒,一个比一个自在。还有两位正在墙根那儿使劲拱土,草地给刨得松松的,埋着的柱子根部都给刨出来了。我气坏了!对直冲过去,看到谁就打谁。众牛哄散逃命,紧张之中乱了套。正在咬铁丝的那位情急之下居然钻进了绷篷布的铁丝和篷布之间的空隙里,还想从那里突围,却被卡着,进退不得。只好拼命晃着大肚皮左右扭动挣扎。眼看"刺啦"一声,帐篷篷布被牛角撕开了一道尺把长的口子。我急了,冲上前拽着它的尾巴就拔,它却更加不顾一切地往前面钻——根本钻不过去嘛!我只好又转过去,往相反的方向敲它的脑袋,它猛地往后一退,这才挣脱出去。可是这么一折腾,牛角一挂一扯一拉,

"叭！"铁丝断了，整面篷布被全部撕开，货架和商品的背影赫然曝光。我又惊又怒，顺手拿把铁锨就追。那牛真的给吓坏了，一路长嘶、狂奔。我把它从帐篷后面追到帐篷前面，又把它从前面追到后面，整整追了两圈。到第三圈这个笨蛋才聪明起来，悟出和我这样绕着帐篷兜圈子毫无意义。便斜出一条生路，直奔它的牛朋友们而去。我也只好罢手，啪地把锨插在草地上，气呼呼地坐在那里等我妈回来给她汇报情况。

我妈在附近山上拾木耳，很快就回来了。她站在那里笑吟吟倾听我满腔血泪的控诉，也不开腔。末了笑得前仰后合："刚才还在半山腰上我就看见了，真够笨的——把牛绕着房子追了两圈才赶跑……"

直到现在，她还时不时地提起这事，好像真有那么可笑一样。

在沙依横布拉克，赶牛这种事几乎每天都得来几趟。真不知我们家帐篷后面到底有啥好玩的，牛们每次聚会都选在那里。后来我妈把柴火堆里那些最稀奇古怪，枝枝条条刺拉得最夸张最不像话的柴火棒子统统挑出来，篱笆一样堆在后面。她想，这样牛就走不到跟前了，也许能护住帐篷。结果恰恰相反，这一做法无非给牛们提供了更大的方便，把更多的牛吸引过去——那些木头正好用来蹭痒痒。而且牛一多，挤挤攘攘的，帐篷破得更快。帐篷后的篷布被那些枝枝杈杈戳得千疮百孔。

"又是你们！"——我妈从天而降，手持大棒，怒目喷火："又是你们几个！"你看，她把它们的模样儿记住了——全是些尕尕的半大牛娃子。看见我妈，掉头就跑。一模一样的七八头，跑在一起颇具声势，其尾巴还统统笔直竖起，一片旗杆似的。我妈追了一趟子，实在忍不住了，就笑了起来，回头冲我大喊："你看它们的尾巴！"然后斗志全消，提着棒子捂着笑痛的肚子回家了。

我外婆眼花耳背，搞不清楚房后的动静，只负责屋前。一有牛在屋前拉屎，就举着拐棍去打。我妈很不以为然，拉就拉呗，反正牛粪又不是什么脏臭的东西，我们以前还拾过干牛粪用来烧火呢。后来时间久了，我妈发现，那些牛根本就是故意的——它们走到哪儿都好好的，都不拉，全都留到经过我们家门口时才解决。这不明摆着欺侮人吗？是该赶。于是这差事就交给天天闲着没事干的外婆了，也好让她老人家经常有机会活动活动。结果，外婆人老迟钝，拖着拐棍颤悠悠追了半天，再颤悠悠回到家里时，牛已经比她先到，早就在那里等了半天了。然后又当着她的面，再拉一堆。

更气人的是晚上。一整个晚上帐篷外窸窸窣窣，牛影憧憧，一个个拼命舔篷布，那个角落堆过几百公斤粗盐，它们可能在舔沾在上面的盐末儿。塑料布可不像帆布或木板，稍微一动，便"哗啦哗啦"响得厉害。再加上牛朋友"呼哧呼哧"的喘粗气声，折腾得人一夜不得安宁。真是的，也不知是谁家的牛，晚上居然不管，夜夜来我们家帐篷门口的干燥地面上露宿过夜。后来才知道这个地方只有小牛才圈养。我的床板恰好搭在帐篷前侧，估计我的脸和它们的脸相距不到一尺，只是中间薄薄隔了一层塑料布而已。我妈建议我准备个棍儿搁枕头边，再吵就捅它。于是我就一夜一夜地捅啊捅啊，弄得第二天早晨两眼红肿，哈欠连天。而它们倒好，早早地溜了，只留下几摊牛粪做纪念。还有一次的纪念则是被连根撞出的晾衣服的木头桩子。

就这样，全家人一起赶，白天赶，晚上赶，越赶越纠缠不清。沙依横布拉克的日子好像全是在赶牛中度过的，倒也不是很乏味。我妈到现在还在经常嘀咕："……娟真够笨的……绕房子追了两圈……那一天……"

在河边

有人跑去告诉我妈："你的巴拉（孩子）掉到河里了。"我妈不信，跑到河边一看，果然，我正在水里挣扎。

这一次我实在是不想解释是为什么。水淋淋地往房子跑去，一路上谁见了都笑我，还有几个小伙子在起哄，一个小孩一直跟我跑。

我妈下巴都快笑掉了。一面帮我手忙脚乱地换衣服，一面自以为幽默地开着玩笑："唉哟我的儿啊，河里鱼再多你也不能这样干呀！"

好像她从来没有掉到河里一样。完全忘记了那一次——当时我们所有人，眼看着她踏上那个小独木桥扭头大喊："看我踢正步！"接下来，还没弄清怎么回事——连她自己也不知怎么了……总之当时的情形快得根本说不清楚，只能描述如下：一，二，三——"扑通！""哗啦啦！"……

她从水里满脸莫名其妙地站起来，仍然没反应过来。从头到脚，毛衣毛裤都湿得透透的。

直到现在，她一想起那事还大不服气："一点准备的时间都没有，就那样一下子掉了下去，岂有此理——就那样就掉了下去！"

这一带好像就我们母女俩搞过这种名堂，简直没道理。我们在河边生活，和水打的交道未免太彻底了。

哈萨克牧民逐水草而居，我们这些跟着牧民做小生意的人也大都选在夏牧场上人居相对密集的交通要道处驻扎。那些地方一般都位于有河流经过的平坦开阔的谷地中央。在库委牧场，河水就在身边，出门走几步，一脚就跨进水里了。哗哗啦啦的水声日日夜夜响在枕边、脚边。清晨起来，解开系在门上的绳子，木门一歪，"吱呀"而开。河水便溢满森林和沼泽的气息，寒冷清爽地迎面扑来。

在沙依横布拉克牧场生活的时候，我们一家去晚了几天，河边的干燥地方全被别的生意人占满了，我家只好退到稍远一点的沼泽地里栽桩子扯篷布搭了个小帐篷栖身。每天去河边提水，深一脚浅一脚踩着湿黏黏的草团子穿过沼泽。要走错一步就麻烦大了，家里等水烧饭的人不一会儿就会赶来营救。

在阿尔泰群山前山一带的巴拉尔茨小村，离河就远了。上坡下坡，翻干沟，过草地，攀峭壁，穿灌木丛，再经过一小片树林才能到达。不过那是我见过的最美丽的一条河，清澈、宽阔，两岸密林苍郁，草丛又深又浓。在河中央，卧着很多又大又白又平的石头，我常常跪在上面洗头、洗衣服。那儿一带只住着我们和房东两家人，河边更是人迹罕至。因此我和妹妹还在河里洗过澡。河底雪白的细沙像肌肤一样可亲。

河边总是横七竖八堆满了倒木，腐朽了，泡得发黑，并生满了苔藓。那是发洪水时从上游冲下来搁浅在那儿的。有的自然而然横过两岸成了桥。而我更喜欢的是有人为痕迹的那种桥，架在需要的地方。一般是两根长木头拼宽了搭在一起，上面还培了草皮和泥土，提醒人：前面有沼泽，过不去了，还是从这里过河吧！你看，这山野看起来寂静偏僻，但却并不荒凉。只不过人类生活的印迹被自然的浓密遮蔽住了而已。其实，它的每一个角落都被人熟悉。

而我们刚进入深山牧场时可害怕了。没人的林子根本不敢进去，生怕碰到熊啊狼啊野猪啊什么的。还害怕坏人割我们的帐篷，偷我们的商品。可日子一久，发现在这种鬼都不过路的地方，坏人根本就混不下去。

哪怕在悬崖峭壁的最险要之处也会发现人的足迹、牛羊的粪便、炊烟的篝火残迹。我还曾在荆棘深处拾到过一方绸帕，在森林中迷路时遇到一群山羊……总之人类生存的迹象热闹极了。虽然，出门还是很难遇见一个人。

我在河中间的小洲上洗衣服，慢悠悠地磨蹭，一洗就是大半天。洗一会儿，玩一会儿，静静地，自由自在地。有时，也会感到寂寞。偶尔抬头看一眼远处，可能会有另一个人骑着马从山谷尽头出现，越来越近。每一次，我都希望他是到我这里来的。我低头接着晾衣服，等再抬头时，说不定他真的来了。不，是一个"她"。她在岸对面系好马，却没有走独木桥，而是像小羚羊那样敏捷机灵地纵跃，直接从沼泽那边跳过来。她一踏上这块河中央的小洲就笔直地走向我。好像对我说了些什么，又好像什么也没说。就这样，径直走来坐在我面前，直直地望着我。

多么美妙的一个下午！阳光温暖，与一个陌生的、语言不通的、七八岁的哈萨克小孩，在阿尔泰群山深处的峡谷里，在一条美丽的河水边，默默地坐着。我心情愉快地搓揉着衣服，不时抬头对她笑着，后来忍不住唱起歌来，一首接一首地唱。那个漂亮小孩就与我面对面坐着，久久地看着我。偶尔也站起身，在小洲上走一圈，又回来，原地坐下，抚摸自己膝盖上的补丁，然后再抬头看我。她的眼睛，眼白干净清亮，眼珠是明净的银灰色，溢动着淡淡的褐色和绿色；瞳孔则大而漆黑。

后来我笨拙地用哈语问了一下她的名字，她居然听懂了，叮叮咚咚地回答了一声什么。我没听清楚："什么？"她又叮叮咚咚重复一遍。我还是没听清，却不好意思再问了。我俩唯一的这一次对话便在记忆中的那个下午沉浮闪烁着，让一切都亮晶晶的。

——那实在是一段妙不可言的时光。这个小孩子从远方走来，似乎专门为了陪伴我一个下午似的，我们之间的亲近似乎是天生的。为什么后来就再也不曾碰到第二个这样的人了呢？后来当我一次又一次孤零零地坐在老地方洗衣服时，常常会这么想。

我每次总在同一个地方、面朝同一个方向洗衣服。还总是光脚坐在鞋子上，脚踩进冰冷的流水里。左边长着一大丛开着紫花的植物。当河水流到这片开阔的牧场上，便散开流成了好几条并排的河。并随着地势时不时地汇合，再在前方一块大石头旁分开，自在极了。河水划出了一块又一块的小洲，上面四处停着黑色的大鸟，稍近一些的都背朝着我。偶尔也有骆驼或者牛从对岸涉水进来，好像再没别的路可走似的，非要紧紧地贴着我经过。还装作没看到我一样，把水踩得溅我一身。还有一次，这块方寸之地上居然造访了十来峰骆驼！准备开群众大会似的，简直快要没我的容身之地了。再后来又登陆一峰，终于把我给挤了出去。我第一次抱着衣服盆子愤愤不平地挪了老窝。

山区的河总是流速很急，衣服掉下去可不好办。要不就眼睁睁看着它被冲走，要不，就追！

——我跳下河就追，跳下河才发现河里根本追不成。虽然水位只及膝盖上三四寸，但要跑动起来是万万不能的。可恨的是那件被冲走的衣服游走的速度也并不是很快，就在我正前方——差十厘米就够得着的地方——摇摆。不管我紧赶慢赶，反正就差那么十厘米。气得我简直想猛扑上去，用身高弥补手臂长度的遗憾。祸不单行，跑着跑着，鞋又被冲掉了，只好又去追鞋子。偏偏这个时候河分汊了……很不幸地，两个目标被分配到了两个方向，气得人眼珠子疼。没有鞋子，河底总有些尖硬的石片狠狠扎着光脚心，每跑一步都疼得要命。不过这一疼，把我疼开窍了——干吗非要在河里追？正想着呢，鞋子总算够着了。把它捋上岸，自己也跟着爬上岸。偏那时我又穿的是风火轮似的松糕鞋，也顾不上穿鞋了，光一只脚一高一低地继续追着水里的衣服跑，想要赶到衣服前面从下游截住它。岸上倒没什么阻力，但岸边的石子碴粒并不比河底的温柔些,而且还多了让人防不胜防的碎玻璃片儿——可恨的酒鬼们。有草的地方还长了一种叶子上布满细刺的矮茎植物……这些都不提了。却说我洗衣服的地方可谓地形复杂,河水这里一支那里一支的,不停分汊。我要追衣服,又不能在河里跟着衣服走捷径,只好曲里拐弯地在河岸上绕远路。过了好几座独木桥,几经辗转才绕到冲走我衣服的那支水流的下游。却一眼看到……我的衣服刚好就在那里被岸边斜出的一根小树枝挂住……气死我了……早知道它会被挂到这儿,跑不到哪里去,刚才何必急成那样!啥都乱套了,脚痛得不行,划了道口子,腿上扎满小刺,裤子一直湿到腰上,毛衣也湿了半截……

我妈从不洗衣服,也不提水,但每天还是要到河边转几圈。她比较喜欢钓鱼,虽然从来没有钓到过一条。她笨得,鱼就在鱼钩旁边欢欢畅畅地游着、嬉戏着,还甩着蹦子跳——也钓不到一条。每次还要倒赔一根又直又长的好棍子——每次钓不上鱼她就把鱼竿折断,扔进水里,跑回家向我们发誓这辈子要是再钓鱼就如何如何。

我们共同喜欢的事是顺着河一直走啊走啊,无边无际地散步。尤其是在那些漫长而晴朗的黄昏里(那会儿再也不会有顾客上门了),山野晚景清晰明亮。森林下方,碧绿的缓坡斜下来与河边深绿的沼泽相连,如嘴唇与嘴唇的相连一般温柔。连接处长满黄色的晶莹的碎花,像吻。河岸边的缓坡上斜斜立着一座木头小屋,屋顶摇摆着细长茎干的虞美人。那是爱情栖憩的地方。森林在木屋背后,从南到北地浩荡。我们走了一段路,看到了桥,过了桥,就向那里走去。河水在身后哗啦啦奔淌,前方的美景梦一般静呈。多少个这样美好漫长的黄昏在河边展开。我们走到坡顶,回头看见山谷下方我们的家,我们的塑料房子,在河水拐弯处更美地等待着。

然而在河水暴涨的日子里,这一切就没那么赏心悦目了。天气长时间阴沉多雨,水流急湍混浊,山里的交通也会被阻断。那一次不巧正碰上七年一度的大型阿肯弹唱将在下游一条山谷里举行。我们都想去,可是路断了,又没车,眼看着弹唱会的日子一天天来临,还差两天……还差一天……已经开始了……已经开始两天了……可我人还在这儿!一想起这伤心事就忍不住趴到床上号啕大哭。再一想赛马已经结束,摔跤已经结束,姑娘追正在进行,弹唱马上开始……哭得更伤心了。我妈便找到一个当天也赶去看弹唱会的小伙子,给了他二十块钱。然后她满脸羡慕地目送我骑在小伙子的马鞍后面,在茫茫雨幕中远去。

但是两个钟头后我又出现在她的眼前,浑身上下湿得透透的，哭丧着脸告诉她：那小子是个色狼。

事情的全部就是这样：我不同意，就自己打原道走回家了。说起来简单，其中周折不少。比如一开始由于语言障碍，他怎么也不能使我明白他的意图，一直"解释"到山谷口。又过了河，直到开始进入森林时，我才慢慢搞清他对我指手画脚"吱哇"半天原来并不是在描绘弹唱会的盛况……当时我也不知哪来的勇气，硬是直接从马背上跳下去，很镇定地一步一步沿原路离开。然后他也打马转身走了。

他走了，我可惨了！被丢在荒山野岭，家还是那么远，保不定又碰到个骑马的野小子……而且背包里还揣着几千块钱，准备看完弹唱会后顺道下山进一次货……不敢再往下想了。

那时我已经穿过一大片过去年代的木结构墓地，来到了河边。河水暴涨，混浊急湍，实在看不出浅水段在哪里。只好顺着刚才过河的马蹄印慢慢下了水。胆战心惊地感觉着水到了小腿，水到了膝盖，然后又漫过大腿……漫到腰部时，我简直一步也迈不出去了！汹涌的水流绵而有力地把我往下游推挤。此时自己浑身所有的力量也就恰好只能抗衡这样的冲击了。要知道水淹得越深，身体的受力面越大，此时我已经站在河水中央，谁知道下一步会逐渐浅下去还是更深？我紧紧抱着我的包——刚才那个小色狼都没让我这么害怕过！

……天晓得最后我怎么过去的，反正还是过去了。

接着又过了一条更加惊险的河。当我踌躇满志走向第三条河——和前两条相比充其量不过是一支小水沟——时，就在这时——××××……

事后的情景是这样的：我从岸边歪歪斜斜站起来，吐了一口混浊的河水。眼镜还在，真是奇迹。

对了，忘了交代一下，发生这事的前前后后那段时间一直下着雨。并且雨越下越大，后来又砸起了冰雹。我鞋跟太高（为了凑热闹而打扮了一番嘛……），跑也跑不起来，躲又没处躲。想到反正身上已经湿透了，索性也不管那么多了。便从容走在雨幕中，任瓢泼大雨一个劲儿地对准我淋。那种淋，简直比被人一手揪开后领，另一手拿起水瓢直接往脖子里灌还痛快。没几下就把刚才在河里滚的一身泥沙冲得干干净净。唯一不便的是，眼镜成了水帘洞的洞口，什么也看不清楚，满世界明晃晃、白花花的一片。刚擦净立马又给浇成水帘，根本来不及收拾。真想在上面安两把汽车雨刷啊。

不知今后能否再碰到那样的雨……后来，每到风和日丽的日子，每当我还是坐在河边洗衣服时，常常为这个问题发呆。那天那样的雨啊,从天到地注满了液体一般。我走在其中,在阿勒泰水草浓密的夏牧场上,在河边,顺着河往上游慢慢走去。没有牛,没有羊,没有一个毡房,没有一个人……没有尽头……恍惚间似乎也没了去向,全都是雨……

对了,那一天还有一件事我做得非常得意。即使在那种情况下——当我从那个小色狼的马背上跳下来,择路而逃之前,还没忘记找他要回我的二十块钱。他居然老老实实给了……到底只是一个十六七岁的孩子。可见他不是坏人,至少他没有恶意。我不相信如此美好的山野世界会滋养出龌龊的心灵。而我,我是攥着我的二十块钱回家的。我蹚过河,顶着时强时弱的雨阵,顺着河走了快两个钟头才回到家,双手攥满我的勇气。

在河边,更多的日子里我们喜欢顺着河往上游走。带着馕饼、鱼竿和跳棋。我们越走越远,山谷也越渐狭窄陡峭。河水的轰鸣声两岸响彻。我们的欢声笑语在其间惊跃、躲闪。我们牵着手光脚过河,在激流中东倒西歪,高声尖叫。冰凉刺骨的水刺激着我们快乐的极致之处。最后我们纷纷爬上岸,抬头看到群山颤颤,近在眼前。再回头望,想到这条河是怎样吮纳着道道细碎支流,闪耀在蔚蓝色额尔齐斯河的上游……而我们,又是这庞大的水系间,多么明亮的一点……

当然也不能忘记这些河中的一条曾冲跑过我的鞋子。有一次当我过河时……那天,好几个人帮我追都没追到,一生气,干脆把另一只也扔进了河里。于是那天我硬是光着两只脚走回了家。山里还好说,没人看见,顶多是石子硌着脚心不太舒服。可进了喀吾图小镇就很不自在了,只能硬着头皮昂首向前,眼睛尽量避免往下看,以免把街上那些闲人的目光从我干净的连衣裙转移到我脏兮兮的光脚上来……这也算是一种勇气吧!

——在河边。写给美丽的富蕴县。但愿我以后生活的每一个地方,都会有一条河经过。

妈妈知道的麻雀窝

我妈在山里游荡,只要一发现麻雀窝,就得给挖回家不可。不过后来她再也不这么干了。不知她想到了什么。

有一天她玩了半天回家,告诉我她又发现了一个——

"就在那边山上的一棵爬山松下面。挤挤攘攘的一窝小麻雀,一个个肉乎乎的,羽毛还没长几根。我顺着声音拨开松枝,它们还以为老麻雀来了,一个个嘴张得大大的,直直仰着小脑袋。"

我努力想象那种情景。

"你是怎么看到的?"

她并不回答,继续说:"你没看见真太可惜了,你不知道那多好玩!一个个嘴张得大大的,大大的……"

"哪儿呢?在哪儿呢?快带我去看!"

"一大窝,可能有七八只,羽毛还没长几根……"

"——你这个人!……"

她老人家捂了脸,趴在床上一个劲儿地笑:"不告诉你，死也不告诉你，急死你！"

此后，她每次出去都会去探望她的麻雀朋友，再回来向我汇报最新情况：

"太快了！才两天工夫就长了那么多羽毛，我捏起一只放在手心，瘫瘫软软的，站也站不稳……"

或者是："有一只不知怎么从窝里掉了出来。离窝不远，一边爬一边扑腾。看到我了吓得要死，叽哇乱叫。我就把它拾起来搁回到它的姐妹中间……"

还有一次说："你没看到那个情景实在太可惜了——它们的嘴张得大的。要是你小时候也那么好喂就好了。"

我在一旁只有边听边干瞪眼的份。那段时间我没鞋子穿，走不了山路。顶多在门口的沼泽上转转。

"你抓一只回来给我看看嘛！"

"去去去！"

我突然想起一个问题，又说："小麻雀挤在一堆，样子都长得差不多。老麻雀怎么喂遍呢？万一有的饿着有的又撑着了怎么办？"

"它肯定是按次序一个一个喂的嘛。"

"万一老麻雀出去的时候，有一只把另一只挤开，换了位置的话，岂不多吃了一顿？"

她想了半天，最后说："恐怕只有你才那么聪明。幸好只生了你一个。"

过了几天，突然变了天，雨不停地连着下了一个星期，河水暴涨。一天我妈顶着衣服从外面回来，取了只塑料袋，又匆匆顶着衣服走了。

"干啥去？"

她只是说："别跟着来，外面雨大。"

那几天我还是没鞋穿，牧场上唯一一个补鞋子的老头还在下游的一个牧场上游荡，迟迟不往我们这边迁。

我妈回来的时候说那窝麻雀快被雨水冲走了。

"老麻雀一看到有人过来，一下子飞走了。跳到不远处的石头上，急得直叫唤，又不敢靠近。小麻雀挤成一堆，我伸手一摸，一个个身上潮乎乎的……"

后来她把塑料袋蒙在松枝上，罩在麻雀窝上方。

这下完了，我想。

雨老是下个不停。不知怎么的，我天天想着这事。那是妈妈私有的一场奇迹，她可以每天身临其境，真实详尽地讲述麻雀窝每日的遭遇，可就是没法让我去亲自看一眼。于是那情景对我来说，简直就像一个……就像一个梦似的。

谁叫我没鞋子穿……

后来雨终于停了,红日普照。妈妈还是天天出去,但不知为什么再不提麻雀窝的事了。我知道她一定还会经常去看它们,因为我经常在问:

"今天那个麻雀窝怎么样了?"

"还不是和原来一样。"

大约被问烦了,终于有一天,她说:"你自己去看呗。"

我大喜。那时那个补鞋子的老头儿来了,我夏天穿破的六双鞋全补好了。便出去满山遍野地找,我找到了两个旱獭洞和数不清的蚂蚁窝,偏就没发现那个麻雀窝。便开始怀疑。又找了一圈,回到家中:

"到底有没有那个麻雀窝?"

我妈说我和它没缘。继续吊我胃口。

"到底在什么地方?!"

"死也不告诉你。"

我真生气了!

她这才交代:"喏,你往那边那个山上去,在半山腰左手边有一大摊乱石头。"

我知道那个地方。

"中间有一条朝山的北面渐渐斜下去的小路。"

是的。

我照她说的准确无误地寻到那儿。果然看到一丛爬山松。我走上去一把扒开……看到一条蛇……

……天知道那天我是怎样回到家的！不由得委屈万分。倒不是为着到底有没有那个麻雀窝的问题，只是觉得这个地方太过分，太偏心了。它为什么只对我妈展开全部的世界？

那个麻雀窝，从此也只为我妈存在于这深山老林之中——的某一个角落。

绣满羊角图案的地方

我在夏牧场上，走进一家又一家的哈萨克毡房。这样的小白屋一经敞开，便是在迎接我的睡眠。我弯腰从彩漆小木门进去，径直踏上花毡躺倒。梦境便在这房间里的每一处的每一个角落中层层叠叠的羊角图案花纹中展开……女主人走过来，为我盖上一件大衣。

也许我并没有睡着，我躺下不久后还起来过一次。拎了门边的小桶出去，和阿依努儿一起挤牛奶；回来后，组装好脱脂机，把奶汁脱脂，看着淡黄的稀奶油像金子一样细细流出……这正是擀毡的季节，也许我还和所有的人一起压了毡子……后来，有客人来了，我蹲在炉子边看着柴利克烧茶，又看着她在餐布上摆开一排空茶碗，逐个斟茶。然后我又靠到花毡角落里，和孩子们一起望着高谈阔论的大人们，偷偷打量客人中那个最漂亮的年轻人。后来他递过来一块包尔沙克（油炸的面食）……等所有人告辞之后，我同女主人一起把残宴收拾利索了，才又躺了回去。这时女主人走过来，为我盖上一件大衣……直到醒来。

醒来时，满屋的羊角图案和重重色彩一层层地堆积着，挤压在距我的呼吸不到一尺的地方，从四面八方紧盯着我，急促地喘息，相互推搡着，纷纷向我伸出手臂……又突然一下子把手全收了回去，突然发现了什么似的！一步一步后退……然后转身就走。走到靠枕上，走到花毡上，走到绷在房间上空的花带子上，芨芨草席上，食橱上，墙上挂着的马鞍皮具上，老母亲的白头巾边缘上，男孩割礼时穿的黑色对襟礼服的袖口上，摇篮上，床栏杆上，木箱上，捶酸奶的帆布袋上……等它们一一各就其位后，才回过头看我一眼。我醒来了。但我翻个身还想继续睡，女主人掀开我身上的大衣，笑着推搡我，开着玩笑。大家都笑了起来。女孩子们在我面前铺开了餐布，蜡烛点起来了，奶茶倒上了。馕被一块块切开，有人递过来一块，男主人往我茶碗里搁了一大块黄油……晚宴开始了。

我什么也没有做过，我只是一个客人。只有在梦中，才能深入这个家庭，安守这种漂泊迁徙的生活。我把我身边那件不知是谁的大衣披上，紧裹着跪坐在衣箱旁，听着他们说话，用我不懂的语言。烛光摇曳，整个房间人影憧懂，明明暗暗。我猜想他们的话语中哪一句在说草原和牛羊，哪一句在说星空和河流，哪一句是爱情，哪一句是告别，还有哪一句，是我……困意再一次袭来。那件大衣温暖着我，我裹着大衣悄悄靠着衣箱躺下，又扒开衣缝朝外看了一眼。这一次我看到了晚宴上的一切都暗淡了，沉寂了，没了，只剩烛光独自闪烁——只有餐布上的那三支烛火，只有乱纷纷的一片瞳孔中的烛火……暗处拥挤着沉默……突然，贴着我脸颊的那只衣箱一角明亮了一下，只那么一下，就叫我一下看清描绘在那里的一只羊角图案。其线角浑圆流畅地向暗处舒展。在箱子另一侧，必然会有另一只对称的图案，于黑暗中沉默着两相遥望。我想取来一支蜡烛，把整面箱子上的花纹照亮，便把手伸了出去。却再也忍不住困意，阖上了眼睛……于是那只手便先于我探进我的梦境……

我走遍山野，远远去向一个又一个毡房，走到近处，大声喊："有没有人？"然后推门进去，看到房中央的铁炉上，茶水已烧开，嗞啦作响。没有人。我空空出来，绕着毡房走一圈，还是没有人。我看到毡房后山坡下的空地上，编织彩色带子的木架上绷开了一道又一道长长的、颜色缤纷的手染羊毛线，梦一样支在那里。上面的带子刚编了一半，各种鲜艳明亮的毛线从架子这头牵到那头，笔直纤细。带子上的图案在未完成处拥挤、挣扎、推推搡搡，似乎想要冲开别在那儿的木梭子，一泻千里，漫野遍山……

有时，那里平放着一大幅芨芨草席，刚刚编织了一半，每一根草茎上都细细缠绕着彩色毛线。其余的毛线团在草地上四处零散滚落，中间搁着一本书，正翻开的那页插图正是作为临摹的花样。而书上的图案除了家乡的山水牛羊，还有遥远的、未曾亲眼所见的情景：熊猫、大象、长城、大海、椰子树……

要不就在那里铺开了一块半成品花毡。旁边支着敞口锅，煮着艳丽的黄色或紫色染料水，一束一束的羊毛线浸在水中，耐心地浸渍、熬煮，锅底的柴火渐渐熄灭……没有人。我便远远离开，走向另一个毡房。艺术就是这样创造出来的，寂寞就是这样表达出来的，还有什么呢？

倘我能——倘我能用我的手，采集扎破我心的每一种尖锐明亮的颜色，拼出我在劳动中看过的，让我突然泪流不止的情景，再把它日日夜夜放在我生活的地方。让这道闪电，在我平庸的日子中逐渐简拙、钝化，终有一天不再梗硌我的眼睛和心——那么，我便完成了表达。我便将我想说的一切都说出了，我便会甘心情愿于我这样的一生……可我不能。

语言在心中翻腾，灵感在叩击声带，渴求在撕扯着嗓音，我竭尽全力嘶声挣出的却只有哭泣……我多么，多么想有一块巨大的，平平展展干干净净的毡块，用随手拈来的种种色彩，用金线银线，血一样的红线，森林一样的蓝线……再用最锐利的针，在上面飞针走线，告诉你一切，告诉你一切……我多想，在有爱情的地方绣上一只又一只的眼睛；在表示大地的角落描出我母亲的形象；在天空的部分画上一个死去的灵魂的微笑；这里是丰收，绣上坟墓吧！这里是春天，就绣一个背影……在鸟儿飞过后的空白处绣上它的翅膀；在牛啊羊啊的身上绣满星空和河流……我多么想！我多么想……

我走进一家又一家的毡房，抚摸别的幸福女人的作品，接受主人珍贵的馈赠——只有给未出嫁的女孩才准备的花毡。然后，在那些毡房里，那图案的天堂里，睡去，醒来。我抚摸着心中激动异常的那些，又想起自己可能永远也不会有一面空白的毡子，未曾着色的一张草席，一个房子，一段生活，一次爱情，一个家，甚至是一张纸——去让我表达。而我却有那么多的铅笔、水彩、口红、指甲油、新衣服，青春，以及那么多话语，那么多的憧憬……像永远沉默的火种……

我日日夜夜在山野里游荡，忍不住一次又一次跟着暮归的羊群回家。赶羊的人高高骑在马上,不时回头看我。若我停下了脚步,欲要离开,他便勒了马,与他的羊群在那一处徘徊。马不安地转身、踱步。那人看我时的神情似乎决定要目送我,直到我消失在他的视线尽头为止。我多么想说一句爱他的话,问他是我的父亲吗?还是我的丈夫,还是我的兄弟?我多么想骑在他马鞍后面,让马潮湿滚烫的体温把我所有的语言一句句擦拭、烘烤、让它们轻飘飘地,从心底浮起,上升,一声一声涌到嗓子眼……我唱起了歌。

有人弹起了冬不拉,所有人打着拍子合唱起来。我在歌声中悄悄移向暗处,躺下睡去。梦见了所有旅途中的那些一个又一个不眠之夜……

羊角的图案从星空降临。那么多的羊挤在一起,越挤越密,越挤越紧……到最后,挤得羊都没有了,只剩下羊角,密密麻麻地,优美地,排列到天边……

我若也为我的家庭描绘下那么多的羊角,那么我空空荡荡的毡房一定也会拥挤不已。羊角和羊角之间的空隙,栖满了温顺谦和的灵魂。它们不言不语,它们的眼睛在羊角下看我,它们的呼吸让房子里的空气如海一样静谧、沉稳,并从毡壁的每一处缝隙源源不断地逸出,缭绕在广阔、深远、水草丰美的夏牧场上。这才是"家",只有家才能让人安然入睡。

　　有人把蜡烛拿了过来，问我睡着没有。我终于看清了我脸庞旁边那只羊角图案的全形——一只盘曲的、四面分叉的精美尤物。我闭上眼睛什么也没说，那人把我母亲的手伸过来，为我掖了掖身上盖着的大衣。

　　我还是什么也没有说出来。心中澎湃的激流渐渐退潮，冉冉浮起羊角的图案。我擦干眼泪继续睡去……

吃抓肉的事

真不知道当地人是怎么把抓肉做出来的,那么香。我们自己也试着做过好几次,过程一样,火候相似,佐料无二,可终究弄不出相同的美味来。大约是人不正宗的原因吧。

我们很有口福,到这个地方来做生意,钱没多赚,肉倒没少吃。串门子时总会碰巧赶上一桌子肉,或者是在"拖依"(为婚礼、生日、割礼等传统仪式而举行的宴席)上毫不客气地受用。尤其到了九月,游牧的大队伍转场下山,是村子里人最多最热闹的时候。加之秋高气爽,那时几乎每天都会有一两场"拖依"。有时一个晚上村子里三四个地方都在灯火喧嚣地大摆宴席,让人为难得不知去谁家才好。只好在这个地方吹会子牛,再换到那个地方啃肉,最后才去第三个地方通宵达旦地弹琴、唱歌、跳舞、喝酒。

上抓肉是宴席上的高潮，这样的宴席往往时间会拉得很长。天还没黑客人们就开始陆续上门，被一一安排入席。一般十来个人围一面长条桌面对面坐着，桌布上铺满了装着各种本地食物的小碟子——塔儿糜（形似小米的粗粮）、包尔沙克、黄油、饼干、馕块、干奶酪、糖果、花生、江米条、杏干……什么的。大家随意地边吃边聊，吃它两三个钟头。直到夜里十点左右，主人家才开始上热乎乎的炒菜，然而炒菜似乎并不是当地人的长项，因此味道大都不见得咋样，不过和刚才那一桌干食比起来还是新鲜多了，于是大家继续吃。一直吃到十一点半——舞会开始的前一个钟头（也是你饱得差不多的时候），众所瞩目的抓肉才隆重登场。一时间大家欢呼，纷纷起座，七手八脚乱哄哄地帮着收拾餐布，在小山一样的食物堆间腾空一块放抓肉盘子的位置。抓肉的盘子直径两尺多，连肉带骨盛得满满当当。热气腾腾，咄咄逼人。不管你之前吃得再饱，这会儿胃口保准又会给吊起来不可。

但这时没人先动手，吃之前还得做"巴塔"——当地的餐前仪式，即祈祷和祝福。很快，席间最受尊敬的一位长者被众人推举出来，他双手手心朝上摊开，开始带领大家做巴塔。所有人也跟着摊开手心，作索取的姿势向前伸开，直到等到他说完最后的一句"阿拉"，所有人跟着一起说"阿拉",仪式才算结束。但结束了还是不能急着吃,同席的男人们抽出腰间的匕首,开始拆肉,把肉块均匀而迅速地从骨头上一一削割下来,撒在盘子四周。没有羊头也就罢了,有羊头的话规矩更多,什么羊脸上的肉给谁吃了,耳朵给谁吃,第一块肉谁吃……都有讲究。而最可怕的是羊尾巴油,吃肉之前还得给每人分一块——我饿死一百遍也不敢吃那种白花花、颤悠悠的玩意儿啊……好在我自有办法将它神不知鬼不觉地处理掉。

盘子里不会全是抓肉。有时是盘底铺着厚厚一层和着胡萝卜丝的金黄色手抓饭,有时则是往肉堆上铺一层又筋又抖的面片儿。这些都是佐肉吃的,包你越吃越香。比起肉来,我更喜欢这两样。

抓饭当然用手抓,本地人很有经验,五指并拢,从盘子里飞快抄过,饭粒在手心迅速地团一团,干净利索地放进嘴里,一粒米粒也掉不出来,斯文极了。我没那本事,通常情况下,右手抓饭往嘴里塞很不方便,饭粒掉得到处都是。只好用右手捏一点放在左手心,嘴凑上去,狗啃食一般用手心往嘴里填饭。做这些时,右手还必须在下面接着,吃完左手再舔右手……总之吃相非常不雅观。看着窝囊倒罢了,本来并没有吃多少的,却总给人"狼吞虎咽"的印象。所幸同桌人大都是汉族人,所有的吃相里,我还不算最难看的。更何况,那饭蒸得那么干,散散的一粒一粒,没有十年的功力,谁有本事收拾得住啊?

好在我聪明,有一次抓饭时,眼一瞟,看到旁边忘记收走的黄油碟子里插着根小勺。从此,每次上抓肉之前那些漫长的等待时光中,我总会偷偷藏起一个舀黄油的勺子。这样,吃起饭来方便多了。满桌的人看我那么喜欢吃抓饭,连肉都不吃,便纷纷把各自面前的饭往我这个方向扒拉,在我面前堆了好高。

面片儿也很好吃。女主人擀得薄薄的,切成巴掌大小的方块,就着羊肉汤煮出,肉香都煮透进去了。越吃越美味,正好给抓肉去腻。

并不是所有的宴席上都给煮羊肉。有的家庭也会用牛肉待客。然而在九月,正是羊羔肉最鲜美的季节啊,相比之下牛肉逊色了一些。然而我们也照样会高高兴兴啃得精光,剩一盘子骨头让人端走。

但也会遇到那么一次,不知为何,人家只乐意给你上骨头。一盘子肋骨和腿骨精光明亮,哪怕从三场宴席上撤下来,也不会有这么干净的东西剩下。有一次同桌的一个客人恶作剧,抢起一根腿骨在桌腿上砸开,然后告诉我们里面连骨髓也没有。

不管怎么说,一盘子尽是骨头总比一盘子只有一根骨头强。我就碰到过那么一次,当时我们满桌子十几个人对着一根骨头发呆……虽然只有一根骨头,但也不能说这一盘子东西太少——仍旧满满当当!只是……那根骨头实在太大了,哑铃似的。上面的肉是看不到的,只在骨头两端沾了些筋条。这么可怕的骨头绝不可能长在羊身上,甚至长在牛身上都让人怀疑。最后我们一致认为它应该是长在骆驼身上的。没法用刀拆肉,我们其中一人斗胆抡起这根哑铃直接啃了几口,然后递给旁边的人。旁边的啃了啃,也拿它没办法,只好再传给下面一个人。这样,这根"哑铃"在我们这桌人手里传了两圈,轮流捣鼓一番,最后仍旧回到大盘中央端端正正横着。最后撤席时,主人家前来把这只依旧满满当当的盘子收走。席间有人恶意地判断:可能又给端到下一桌了……

当然了,更多的宴席则是慷慨而丰盛的。宾主尽欢,难以忘怀。有一次古尔邦节,很多哈萨克族老乡再三邀请我们去他们家过节,但路途遥远,肚量也有限,我们仅去了附近的两三家拜访。于是在节日之后,很多老乡登门送来一包一包的鲜肉,让我们自己煮着吃。因为他们觉得过节时我们没吃过他家的肉,便以此补偿。客气得令人羞愧。

最隆重的一次是我们的老朋友巴哈提家在附近的村子

哈拉巴盖了新房。房子落成时,巴哈提驾着马拉爬犁来接我们过去吃席,特意给我们宰了一只羊。我妈到现在还老提那件事,因为当时羊头是正对她的。那是她一生中为数不多的主角时光。

行在山野

我很怕骑马的。有一次在山路上才颠了半个小时,下马时站都站不稳了。他们一松开搀扶我的手,就忍不住膝盖一软,整个人跌了下去,趴到地上站都站不起来。

那种难受的感觉真是无法形容!当时不知怎么的,我居然被安排骑在马鞍后面的光马背上。马坚硬的脊梁硌得要命,身子扭来扭去,怎么坐都不舒服。其实马跑得也不快,就那样小步小步地打着颠儿,不到十分钟就颠得人头昏眼花,胸闷气短,腰也开始疼了,双肩更是酸累无比。好像不是我骑着马倒像是马骑我似的。又过了一会儿,小腹右侧肝脏的地方开始隐隐作痛,痛感越来越强烈,几乎每颠一下,那里就痉挛一下;胃里的酸水一阵阵上涌,到了最后连气都喘不出来了似的,呼吸困难,脑袋沉重僵滞,胸口被团团堵死了。可是腰酸背痛的感觉却更为清晰地逼迫着感官。我想,这大约就是"极限"吧,我能肯定下一秒钟就会从马背上倒落下去了……忍不住哭了出来，紧抱住前面那个人的腰。这时马终于停了下来，我挣扎着下去，趴在地上半天才缓过劲儿来。队伍再出发时，我死活也不肯上马了。硬是靠双脚走完了剩下的路程，在那条森林遍布的宽阔河谷里。

而我常从别的一些文字里看到人们大侃自己初次骑马的体验，说什么第一次上马就策马狂奔，纵横驰骋，酣畅淋漓，痛快之极……一个比一个拉风。不由得怀疑他们是不是搞错了，骑的是毛驴吧……

我坚信，若非出生在一个马背上的民族，若非摇篮都是系在马背上的，若非经历长年累月的、贴身的，对那种颠簸之苦的打磨，否则谁也不能轻易地说：自己真的适应马背上的生活。

我们在山里游荡，一般会选择步行。其实山里的路，骑马并不比步行快到哪里去。有时，我们也会作一些长途跋涉的旅行。只要带上一些糖果饼干布料等礼物，走到哪儿便能住到哪儿吃到哪儿。在人迹鲜罕的山野里，哈萨克牧民的这一互助礼俗实在太好了。

你看，我们做的什么生意！——事先算一笔账，把商品本钱、运输费、税钱、伙食、日用……统统列出来，加减乘除一番，算出平均每天能卖出哪一个数字才能基本保本。比如是一百块钱吧，那么假如有一天一下子卖出三百块钱，那我们一定会连续关两天门跑出去玩……隔壁那家同样也进山开杂货铺的小老板一看到我们这家人便叹气，百思不得其解。

这附近的群山没有不被我们逛遍的。尤其是我妈，趁我们一不注意就开溜，甩下我们百无聊赖地守着破店，自己却一整天一整天地满山跑遍，肚子饿了才想到回家。

我呢，偶尔想出去爬爬山，我妈就一个劲儿地怂恿八十八岁高龄的外婆跟着同去，害人不浅。

偶尔听说附近哪个牧场上要举行阿肯弹唱会，我们是一定要去的。走路，骑马，搭车，不辞辛苦。"阿肯"是指民间较有声望的弹唱艺术家，他们的表演都是即兴发挥的对唱，机智而风趣。"弹唱会"么，顾名思义就是又弹又唱的一个聚会。除此之外，这种盛大的集会上还会有赛马、摔跤等竞技活动，还会聚集一些摊贩形成集市。那一天，远远近近的牧人都会赶过去，节日一般地热闹。

有一次我们听说东边二叉河那边即将召开一场县级的弹唱会，非常高兴。头一天一大早一行四人（我，我妈，还有我妈的两个徒弟）便早早出发了，从库委经过狼沟，翻过两个达坂往二叉河走去。虽然两地不过相距三十公里，可气候迥异。我们去时只穿了衬衣和长裤还嫌热，到了那边，却下起雪来。

我们原以为弹唱会上人多毡房多，随便找一家就可以暖暖和和地借宿。结果到了地方，却只看到开阔的草地空空荡荡。好不容易找着个人打问，却一脸茫然，表示从未听说过什么弹唱会的事。我们无奈，只好顶着凛冽的晚风又苦行七八公里，才找到人家住下。第二天起来脚疼得没办法，但仍舍不得雇车，仍顺着来时的山路徒步回家。好在那一路上峡谷幽静，风光迷人，倒也不觉得有白走一趟的遗憾。

另一次则是阿勒泰地区的大型弹唱会，要在库委举行。这个消息倒是千真万确，可恨的是我们偏巧又刚把小店从库委迁到二叉河，只好骑马或搭车去。这回只能我一个人去，我妈得看店，她便把机会让给我，却又对我又妒又羡。这是外话。话说只我一个人去，搭了一个年轻人的"顺风马"，坐在他马鞍后面。骑了没一会儿便给颠得骨架子快散了，更不幸的是发现载我的那家伙是个小色狼。于是立刻跳下马就往回走，在山洪肆虐下硬撑着向家走去。没被冲走实为万幸。

其实，在山野里奔波，最主要的交通工具还是汽车。像搬家进货什么的，就不能靠手提肩扛了。我特崇拜山里的司机们，那么破那么窄的土路上也能开车！而有的路根本算不上是路,是"台阶",一阶一阶曲扭拐弯升上高高的达坂。我们勇敢的小伙子打着嗯哨换挡,意气风发地把油门一踩到底,车就像动画片里才会出现的镜头那样,左拱一下右拱一下,硬是给拱上去了。我们新疆的司机能让汽车爬梯子,真是没法不服气啊。到了下坡路,倘若此时那辆四面挡风玻璃全无的破车突然乱挡,刹车失灵了,司机是断然不会告诉你的。他脸不变色心不跳,反而会更加高兴地大展歌喉,一边歌颂爱情一边飞快地转动方向盘从悬崖峭壁处险象环生地擦过,把汽车当飞机开。

我在山里面曾和一个年轻货车司机谈过一次短暂的恋爱,那些日子里,我们一路高歌着在崇山峻岭间翻越,整个世界像海洋般在车窗外动荡。我们沉默的时候,胸中仍有大江大浪澎湃不已。

当然,如果只是为了玩才坐车的话,肯定没啥说的。但若是干活的话,就不太好玩了。比如搬家,我们得和小山似的一堆货品挤在一起。背后顶着硬邦邦的泡菜坛子,左边是半吨面粉,弄得人左半边白如鬼;右边码着几麻袋煤块,右半边人便黑如鬼;腿根本伸不直,被几箱啤酒抵住,蜷得发麻,发麻的膝盖上则还压上一床铺盖卷儿;屁股半边悬空,半边坐在挂面箱子上……又颠、颠、颠!颠得人魂儿都飞了,心脏使劲撞击着腹腔和胸腔的膈膜,似乎一定要把那儿撞破。这时车子又猛地右拐，心脏便又猛地撞向左侧肺叶，所有通向心脏的血管一齐被拉扯得喊起痛来……咬着牙捱到中途休息，车停在路边。我支离破碎地从车厢爬下来，一爬到地上就开始吐。恰好上车前又刚啃了西瓜，所有人大吃一惊，以为我在吐血。

在山里搭顺风车的话，无论什么车都得接受的，讲究不得。其实在这种地方，有毛驴车给你坐就已经很高级了。我就搭过一次驴车，斜坐在木车栏板上，耷拉着两条腿顺着毛驴步行节奏甩啊甩啊。一旦远远看到有骑马人或车辆从对面过来，就立刻跳下车若无其事地步行，等走过了再赶紧坐回去。到了后来，也就习惯了，再不觉得有什么不好意思。

我还坐过那种进山拉牲口的车，和一群羊挤在一起。车厢里无论是地面还是两侧的护板上全都潮湿肮脏，连可以扶的地方都没有，更别说坐了。满车羊胆怯地看着我，真想拖过来一只骑上去。

我妈一心想给我买辆车在山里开，一来自己有车方便，二来可以赚俩钱花花。她对那些一天到晚闲着没事干，开着车满世界兜风、到处载客收钱的司机们非常羡慕。我不愿意。凭她的经济实力会给我买辆什么样的好车，想也想得到。还不够丢人的。

当初我们决定进入深山牧场做生意，就是看中这里交通不方便的"优势"。这个"优势"逼得方圆几百里的人统统跑到我这儿买东西。总不能为了买两包洗衣粉一瓶酱油，去转三趟车，颠一两百公里，辛苦一两天跑到富蕴县吧？于是我们便来了。却没想到交通的不便也会制约到自己头上。我们进城提货，哪怕只有几箱子苹果也得折腾好几天，时间全花在等车和坐车上了。就说等车吧，无论从县城到可可托海，从可可托海到桥头，还是从桥头到沙依横布拉克牧场，车都没个准点，人够了车才出发。不够的话，得一连几天待在小旅馆等"通知"。有时候则是人有车没有，来一辆走一拨人，谁都不愿意加塞我和我的小山似的一堆货，急得人跳脚。

那一次我在大桥的岔路口等车，一等就是两三天，我住的那个小旅馆的老板娘居然给我出主意，要替我雇两峰骆驼进山。当时正在喝茶，闻言着实呛了一下——雇骆驼？不至于吧？都二十一世纪了，想不到还有使用这种古老的交通工具的机会。再联想到自己威风凛凛地趴在骆驼背上呼啸来去的情景，不由得发苦。真沦落到那一步，岂不被我妈笑死了！

等车是麻烦了一些，但总比坐车省心。按理说只要上了车就该踏实了，往下只等着到家了。可事实上每次花在坐车上的时间和耐心往往比花在等车上的还要多。倒不是因为天遥地远什么的,而是因为我们这儿的司机实在……实在太热情了!他们总喜欢平白无故地拉着满车的乘客到处兜风、观光。一路上见了毡房子就停,见了毡房子就停,也不知要停它个几百次。再偏远的毡房子他也有本事不辞辛苦开下路基从沼泽里左绕右绕绕过去,远远地就死摁喇叭把主人惊动出来,再把我们满车人轰进毡房,喝茶、啃馕,漫天漫地地吹牛,赖酒喝,蹭肉吃。直到我们这几个乘客千催万促开始发脾气了,他这才起身告辞,率领满屋宾客浩浩荡荡离开,直奔下一个毡房去也。如果天色有些晚了,一定说什么也不走了,就地歇息,再拼一个晚上的酒。总之每次坐这种无证件无职业道德的黑车,都会生好多气。才一个夏天的工夫,我们就和这一带所有司机积下了怨。但他们才不管那么多呢,翻了脸之后仅隔一天工夫又照样高高兴兴摁着喇叭直往你家帐篷里面闯——"老板,今天下山吗?差一个人,马上就出发!"

我们这样在群山中四处游荡,却永远不能走遍它的所有角落。还有那么多的地方我们想去,那儿汽车无法到达,双脚不能抵至,甚至梦想也未可及之。我们到处搬家,一步一步走向一些地方,又像是在一步一步地永远离开。这大山永远无言、静立,一任我们来去,好像它知道我们这样动荡的生活终究空劳无获。事实上，这样的日子也的确非常单调寂寞。还好我们擅于发现乐趣，擅于欢乐。

有一天山里居然来了一辆自行车！一传十，十传百，我们统统跑去看热闹。可还没看清楚，车就被我妈抢了骑跑了，一个多小时后才回来，人和车一起摔得破破烂烂。

第二个冲在前头的自然是我。我远远迎上去，我妈护短，那么多人单单把车给了我。我抢了车骑上就跑，一大群人跟在后面追，一个也没追上。

对了，这是老式的二八型车，又高又大。我抢车子时，顾忌着有人追，想也没想就跳上去了——天知道当时怎么上去的！这下可好，一上去就再也下不来了。车太高，我人又矮腿又短，必须左扭右扭地骑，把腿打得笔直、踮着脚尖才能踩到踏板——那踏板也仅剩两个小轴棍儿了。而且车把又没闸，骑得险象环生。

不过几分钟后就适应了，沿着河边的小路奋力向前。一任崎岖，呼啸迎风。在山里骑车，就像是在大海中沉浮一样，森林一会儿仰视你一会儿俯视你……很快，我赶上了一个骑马人，没有车铃，我很乐意用声音招呼他闪开些，然后猛踩几下，一趟子超过——帅极了。

然而几分钟之后，再次看到那个人时，我正趴在摔倒的自行车上起不来,窘得不知如何是好。他好心地下马把我扶起来,又帮我把撞歪的车笼头掰正,并提醒我胳膊和脸上的伤口,最后顺便邀请我去他家毡房喝茶(当时我认为他也想骑我的自行车),他冲着一个遥远的方向指了一下。我哪里好意思去,谢了又谢,推着自行车一瘸一瘸回去了。

第二天,方圆数里的小孩子都来看自行车了。

吃在山野

我妈揭开锅盖，看见里面只孤零零炖了一只鸡，就啥也没有了。便叫我去菜筐里找找，看还有没有胡萝卜。我在筐里翻了半天，萝卜没找到，倒找到两支人参。我就把这"人参"拿去给我妈看："这，还行么？……"

我妈把这"人参"翻来覆去看了半天，捏了又捏，揉了又揉，还拽了拽，拧一拧，对折过来弯成U形，环形，S形。玩了半天扔给我："削削皮炖进锅里吧，唉，好歹还是个萝卜……"

她又亲自跑到菜筐那边找，这回找出来一个圆的。她说："娟啊，你看——"她把它往地上一扔，这东西碰到地上随即又弹起来。我妈得意扬扬地向我介绍："我们小时候没玩具，就拿这个当皮球……"

在山里，什么都好，就是"吃"这件事总让人发愁。

我们这里春天和秋天短暂极了，而剩下的时间里，冬天占一大半，夏天占一小半。冬天里除了窖藏的土豆、白菜、洋葱，几乎再没有什么蔬菜了。好在入冬时大家都会大量宰杀牲畜，蓄肉过冬，吃它一整个冬天，吃得出门看到牛羊骆驼马就害怕。而到了夏天，肉类不能长时存放，所以一般人家很少宰牛宰羊。但夏天里冰雪融化，交通方便，蔬菜是不会断的，于是又猛地补充维生素。

夏天我们努力想办法为度过漫漫长冬而多储备干菜。干鱼、干蘑菇什么的就不说了，还行。做干豇角时因为不懂行，煮了半熟才捞出来晾。结果晒出来跟一蓬干草似的，锅盖上压两块石头炖五个小时也拽不断嚼不动。无奈只好浇上滚油凉拌了让各位将就。一顿饭还没下来，所有人的腮帮子累得连馒头都咬不动了。至于晾西红柿干，是我妈的主意，结果十公斤新鲜西红柿到最后还没能剩下四百克干货。捏一片咬咬，挺香、挺甜。便你一片我一片分着吃了起来，剩下的留到冬天还不够用来熬一锅汤。夏天没肉吃，偶尔碰到走山路失蹄摔死的或给车辆撞死的羊，买回来一只（当地牧民都是穆斯林，不食用未经仪式宰杀的牲畜），把肉拆一拆，抹上盐一块一块晾在门口。除被狗叼走的不计，剩下的倒也能吃过一个夏天。如果有那么一两次啃骨头时看到汤上浮起煮得仅剩一层壳的蛆虫，便按事先约定，不吭声，等大家吃完了再分享这一好消息。后来，我妈想起在老家熏香肠的情景，便把肉搁到炉板上烘烤，认为肉干透了没水分了就不会招苍蝇。结果一不小心，给烤熟了一大半，于是有一天吃饭时，给端上来一大盆子烤肉，让大家吃得措手不及，大喜过望。

山里的野菜很多，细细算来，好像大地上生长的大部分植物都没毒，都可以吞下去。而好吃的却并不多，野韭菜、野葱、野大蒜，闻起来香气浓郁，嚼在嘴里却又苦又涩。豌豆叶和苜蓿草虽然好吃，却是定居的人家种的牲畜饲料，必须得去偷才能吃得到。顺便提一下，有一次我妈正偷的时候不巧给人逮到了，好在我妈嘴甜，后来那个人就帮她一起摘。

还有野草灰灰条，听说把嫩尖掐了用开水烫一烫凉拌起来味道也不错。不过我从没吃过，看它那个样子，那么难看，想必也不见得好吃。而我们所有人都喜欢的，莫过于亲爱的蒲公英了。蒲公英当地人又叫"苦苦菜"，苦是有些苦，不过苦得很吸引人。叶子非常细碎，我们摘回来在河水里一片一片洗净，用开水一烫，攥干，淋上酱油醋，搁进葱姜蒜，拌上粉丝海带丝，着几滴香油，另外加热少许清油，放进干辣子皮、花椒粒、芝麻，煎出香味再往菜里一泼，"嗞啦啦——"香气四溢。……可是，我只不过形容一下而已。现实中哪能如此诱人呢，这深山老林的,哪来的葱姜蒜、粉丝海带丝啊?还"淋点香油""搁点芝麻"呢——只能想象而已。

我们家酱油倒是很多,全是固体的块状酱油。因为是滞销商品,早已过期了,舍不得扔,自己便拼命吃。又因为酱油是咸的,所以就省掉了盐这一调味品。实际上在山里经常断盐,要炖肉了没盐,我妈又不愿意买,她说别人家店里卖的都是拌饲料里喂牲口的粗盐。我说粗盐那又咋啦?她说里面没碘。她好文明。没办法,只好往肉汤里拼命加酱油。等我们终于有盐吃了的时候,又没酱油了。唉,清汤清水,寡颜寡色的菜简直是在迫害食欲,折磨胃口,吃得人叫苦连天。

就在那时我有了一个男朋友,他是山里铁矿上拉矿石的司机,每次路过巴拉尔茨都会来看我。我们俩一共见过四次面。其中一次他给我带来了两袋话梅和一包虾条,还有一次带了几十公斤辣椒,四个大冬瓜,和一大桶醋。于是那一段时间我们天天吃酸溜溜的青椒炒冬瓜片……天天吃,天天吃,吃得身上都长出冬瓜皮了。我对路过巴拉尔茨的星星(我伯伯家的弟弟,他也在矿上打工)诉苦,他不以为然:"那有什么的!山里的工人都吃了好几个月的土豆片了!"——土豆!我们一听,忍不住满脸向往之情。他又说:"土豆片里除了酱油什么也没有,油星都看不到半点。"我们又满脸地怀念，弄得星星莫名其妙。我们告诉他们宁可不吃油也要吃酱油。这些日子里，为让菜颜色好看些，我们拼命放醋，反正醋有的是，比当年酱油还多。结果，吃得人快发酵了，一说话就冒酸泡泡。

好在困难时期不是永久的。不久，星星就给我们捎来了鱼、猪肉、白菜和洋葱，让我们好好地过个国庆节。星星那个家伙还私下给我揣了几块蛋糕和一个猕猴桃。"十一"那天过得奢侈极了，还开了酒和饮料。

但是那几天的好日子很快就过去了，物资很快耗尽，饭桌又回到原先的模样。吃饭时每个人怒气冲冲，摔锅磕碗的，情况相当不妙。若以往，不想吃饭了，还可以到柜台里翻一翻，啃个苹果，开包花生什么。可是随着转场牧民前来，货架上一扫而空，除了泡泡糖和苏打粉，没有任何食品类商品。我们只好坐在空空的货架下，你看我，我看你，干瞪眼吹泡泡糖。

幸亏当地牧民来商店买东西，总不忘带上礼物。啧，多么好的民族礼俗啊！尤其是女人们，登门从不空手。哪怕她是来给你们商店照顾生意的，买东西付钱一分不少给。她们带来的礼物几乎全是食品。一般会是一种我们称为"奶疙瘩"的干奶酪，另外还有油炸的面饼、馕饼之类。有时还会有黄油和奶豆腐等奶制品，要不就是半桶牛奶或酸奶。若关系再好一些就送一块熏过的干肉。总有那么一段时间，这些东西突然多到吃都吃不完。尤其是奶疙瘩，足足两大箱子，实在没地方放了，吃不完就会长霉。干脆填到炉子里升火，烧得特旺，比煤还厉害（阿弥陀佛……）。后来进城了，和人说起这事，差点被掐死。他说："你知不知道奶疙瘩在县上卖多少钱一斤？你知不知道乌鲁木齐多少钱一斤？！"

牧业上还有些老乡，关系不错的话，就会像小孩一样和你耍赖，总是赊账不还。我妈就提个桶，翻山越岭，不辞辛苦地跑到他家要酸奶抵债。他们当然乐意啰。后来干脆让小孩子提着酸奶直接去我们商店里换钱。我们也很乐意。可时间一久就招架不住了，我家所有能盛放酸奶的家什全都派上用场了还是不够。有心不要吧，这么远的，人家都已经提来了。又都是些小孩子，一双双眼睛直溜溜骨碌碌看着你，能忍心拒绝？于是咬牙接来，货架上又少了几棵卷心菜，一个大苹果。

那些酸奶可是地地道道的酸奶啊，豆腐脑似的半固体状，还是在大帆布袋里用木杵货真价实地捶了几千下才捶出来的。哪像城里那种用酒曲子发出来的酸奶。就那，可怜巴巴的一小瓶还一块钱呢！

但顿顿喝酸奶，时间久了肠胃可受不了，加上又陆续开始变质，自己也不会处理，只好忍痛一桶一桶地倒掉，帐篷后白花花的一片，再心疼也没办法。由此可见，贫乏只是山里生活的一部分，其余部分就是极大的丰富了。我们这些再多一些钱赚不了、再多几张嘴也饿不死的人家，也就只能在山里摆摆这样的阔气吧。

记得有一次，我跟着一帮老乡带着网去深山里的一个湖泊边玩，网起鱼后烤着吃。由于鱼是我洗的，所以我自以为比所有人多知道一些秘密……我顺着湖岸走了半天，经反复比较，终于选定一处——相对——干净的地方。水倒是很清澈，使得水底厚厚的一层羊粪蛋子历历在目，水中的雾状水藻网罗了不明所以的脏东西静静地浮漂着……我蹲在水边，一边刮鱼鳞，翻洗肠肚，一边想："待会儿就消毒了，高温消毒……没事……高温消毒……"弄完后，面不改色回到大家面前，啥也不多说。我以为就我知道些底细，吃完后相互一透底，心里直发苦……找盐的是在人家牲口棚子里饲料木槽的边缝里抠出来的，不知被牲畜的大舌头舔过多少遍了。而最后烤的那几条是糊了一层湖边沼泽里黑亮黑亮的臭稀泥后，直接撂火堆里烧出来的……我不知道，剥开泥壳就吃，还吃得那么香……

记得有一年冬天，我在乌鲁木齐给一家山西人打工，他家吃东西讲究到快令人无法忍受了。给他家洗锅，洗洗锅里面锅耳锅沿子也就罢了，还要我再翻过来把锅底子也洗一遍。再比如给他家洗菜，我给洗了四遍还嫌不够，他家大女儿说他家洗菜最少也得洗上六遍……好像他家吃的东西都脏得见不得人似的。我告诉她我们洗菜，一般洗三遍就行了："第一遍洗净泥沙；第二遍在流水中冲洗；至于第三遍么——采用的则是一种最科学、最彻底的洗涮方法：就是先把菜切成段，切成片，再往锅里倒上油烧至八成熟，然后菜往里一倒——'嗞啦——'高温消毒……"

可是，总不能因此就认为我们一家子尽是些不干不净的角色吧。只能说我们是较正常的人。老一辈人说得好："人不吃点泥土怎么长大？"况且我们更深知泥土的成分。

我们旅居的生活，出门在外，诸多不便。幸亏对我们来说吃饭并不是最重要的事情（虽然我们正是为了吃饭而四处奔波），我们总是很单纯地因为饿而不是因为别的什么才去想吃饭。在这个万事万物日益飞速进化的时代，当食物和爱情一样，也成为一种消遣时，真正的饥饿和孤独会不会因此而更加虚茫无际？好在我们没那个闲工夫去想得更多。我们正铆足了劲，拼命地赚钱过日子。忙着忙着，自然而然就饿了，就该吃饭了。下一顿饭的全部意义便仅限于此。

久了，会不会厌倦？会不会空虚？

可是，多少次的野地会餐，餐布在水边的沙滩上铺开，几块干馕，一小堆奶疙瘩，再展开一个塑料纸包，露出一块金子般的黄油。旁边三角架支起来了，火升起来了，黑茶烧开了，有人从贴身的口袋抓一把粗盐撒进去，所有人便捧着自己的碗依次接满茶水，掰碎了干馕块泡进去，在欢声笑语中吃了起来。八月的骄阳把周围深深的草丛晒得愈加浓密，细浅的水流时隐时现，不远处喘息休憩的是我们收割的工具……

还有那些美好的黄昏，我们的摩托车经过的达坂最高处，夕照正浓，晚霞似锦。荒岭野地从脚下一片一片起伏到天边。三两个暮归的农人正跪伏在远处的石滩中晚祷。一弯新月浮现天际……我们停下汽车熄了火，在山顶休息。一个长辈就地铺开自己的羊皮大衣，舒舒服服地半躺了上去，然后从怀中摸索了半天，掏出一块奶疙瘩递给我。

更多的是那些晚春初夏的雨天，湿漉漉的毡房里却干燥舒适。男人们都蜷在地铺上，吸着烟，低声交谈。没有女主人，因此也没有茶水和烤馕。我握着一块坚硬的奶疙瘩偎在炉子旁一边烤火一边啃食。雨水从天窗飘飘扬扬洒下，有人高持一根长棍把斜搭在天窗顶部的毡盖挪过来盖住天窗。房间里一下子暗了，却更干燥温暖了。炉口更加明亮动人，火燃烧得愈加清晰。地铺上一片昏暗，香烟星星点点地晃动，那么沉默……突然，门开了，妈妈浑身水气地挑着桶出现在门口……很快，水烧开了，刚钓起的鱼煮下锅了。我们翻遍女主人的厨台角落，将所找到的全部佐料都放了进去，盐、野葱、醋、辣椒酱。妈妈则取出刚才下锅前偷偷留下的一条鱼，穿在炉钩上放进炉膛烤了起来，然后笑吟吟地给我……另一边，一位男士自告奋勇地翻箱倒柜找出盆子和面粉，揉起面蒸起馍馍来。直到凌晨，全部的馍馍才陆续出锅，虽说是未发酵的死面蒸的，但热气腾腾地吃在嘴里时，实在想不出还有什么会比它更香……

还有一些清晨时光，支在沼泽中的帐篷里清冷而明亮，我们赖在暖和的被窝里不愿起床。透过帐篷篷布缝隙，我们看到外面空地那个用三块石头垒起的炉灶上，稀饭已经从锅里沸出……远远经过的牧羊人看到这个清晨的第一缕炊烟时，也会改道走向这里，围着我家简陋的小灶烤火取暖，与我外婆有一搭没一搭地喧话。后来外婆揭开锅盖，匀出一碗碗米汤挨个递给寒冷的人们……

还有那些颠簸在小型农用货车后车斗上的日子，所有搭车人的面孔全都摇来晃去，四面群山和森林也在跳跃。我晕车，什么都不想吃，胃一阵一阵痉挛。车斗里挤满了人，满地都是潮湿、肮脏的麦草（这辆车上一趟载过牛羊）。中途休息时，一个陌生人从路边捡来一根木头搁在车厢的栏板旁，让我和另一个老人坐下。我坐下后感觉好一些了，便从包里取出泡泡糖分给大家，连车厢另一头的人也挤过来讨要。大家都兴高采烈的，一片笑语中，不知谁塞过来两片饼干……在诸多的人生快乐里，分享食物的快乐也是不可缺少的。

在长途夜班车上，我和一群买站票的人紧紧挤在车门处，已经坚持了八小时。我想睡，难受得眼泪都快流出来了。后来一个陌生男人把他的箱子立起来竖在汽车引擎旁的空隙里，示意我坐下。又用笨拙的汉语问我："吃馍馍吗？"——他站在我旁边，我握着他给我的半个馍馍，摇摇晃晃靠着他的腿睡去。梦中想到，这一下车，便成永别……

我没有吃遍，也不会有机会吃遍这世上所有的珍肴美味，但那又有什么遗憾呢？我曾经一口一口咽下的那些食物，已经是这个世界最珍贵的馈赠了。

你看，女孩仙都哈齐端上的一小碟野草莓被我吃了；一个陌生小孩把妈妈早上塞给的、自己都舍不得吃的一枚熟鸡蛋，冒充生鸡蛋卖给收购鸡蛋的我们，被发现后也被我吃了；巴哈提家古尔邦节的抓肉至今浓香犹在；而巴哈提妻子教我用奶豆腐蘸一下黄油再蘸一下白砂糖的吃法已经被我学会……我一天比一天胖，说来真不好意思，好像在食物方面我就只得到这么点好处似的。

穿在山野

我在山里拍了许多照片,却没有几张稍微像样的。拿出来一翻,不是一个劲儿在那儿捂着遮着三天没有洗的脸,就是披头散发骑在一个独木桥上大喊大叫:"别!别!千万别拍!"要不就在那里猛啃抓肉,满面油光,十指闪闪,根本没注意到相机镜头已经对准了自己……全是他们的恶作剧。

不过说实在的,在山里,我也的确少有整齐像样一点的时候。那个时候,整天散着头发到处跑,脚上穿的也不知是谁的鞋,大得要死,"呱嗒呱嗒"响一路,老远就让人知道李娟过来了。

其实刚进山时,我还讲究了一阵子,还真像城里来的人一样,身上只穿自己的衣服,鞋子上还有鞋带,鞋子里面还穿着袜子。可我出去玩总得过河啊,过河总得脱鞋子解鞋带脱袜子啊。等涉到对岸,还得重新穿回袜子系好鞋带。如此玩了半天就脱了七八次，烦得冒鬼火，于是在最后一次脱鞋时，就抹了袜子顺手扔河里去了。

往后便再没穿过袜子什么的，我不脱鞋子谁也不知道这一秘密。至于衣服，也从简了，摸到谁的就穿谁的，只要禁脏就好，保暖就好。我一个夏天尽在和我妈抢她的一件灰格子大外套穿，一个夏天也看不出脏来（说来真是不好意思……）。里面的内衣、线衣、衬衣里三层外三层，塞得再混乱，外套一罩，也显得整整齐齐。至于前面提过的什么"三天没洗脸"之类的话，其实哪有三天都不洗脸这种事情！只不过是他们形容罢了。我也不知道我的脸干吗那么脏，反正我天天都在洗呢，它还要脏，我能有什么办法？

幸好这个鬼都不过路的荒僻地方永远不会出现什么白马王子。

我妈呢，整天都在为穿发愁，她穿了在本地人中间不会显得太招摇的衣服，就不好意思进城；在城里晃几天，总算融入城市的氛围了，却又不好意思进山了。因此她的衣服多得要死，便于两面应付，不辞辛苦。

当地人可和我们不一样，他们的体质太让人羡慕了，好像夏天不怕热，冬天不怕冷似的。记得一九九五年的夏天，县城里连续一个星期温度持续在四十度左右，我们在房子里阴着还止不住挥汗如雨,而他们从外面走进房子,仍是大衣加身,棉袍裹里,下面踏着大皮靴,上面顶着豪华的狐皮缎帽(刚下山,来不及换衣服吧?)。——那情形让人看一眼就出不了气了,更别说以身尝试。我想,可能这样太阳就晒不透吧……可是到了冬天,那么冷,他们还这一身!我们搭乘马拉的雪橇去县城,风大雪猛,路两边的积雪高过坐在雪橇上的我们的头顶。有些地方更是高达两米,像两堵墙壁似的窄窄地夹着雪路。我们坐在雪橇上,一个个裹着皮大衣瑟瑟不已,赶马车的人却一身大汗,脱得只剩件毛衣,立在爬犁前迎风吆喝,豪迈极了。我们只有倾羡的份,我们实在没那个本事……我们不熟悉这个地方,我们初来乍到,这个地方便总是拿它的春夏秋冬来让我们不适应,让我们放弃。

我妈在艳阳天的日子里,站在半透明的滞闷的塑料棚子下裁剪,人都快晒化了。极想穿从内地带来的短衣短裤,又觉得把胳膊腿都露出来很不好意思。毕竟此地氛围不同,像她这样的年龄,算是受尊敬的"老阿帕"级人物了,得向大家靠拢,不可有失形象。平时她穿个短袖衬衣已经很勇敢了,要知道当地的很多老妇人都会用白头罩像修女一般遮得只剩"四官"(耳朵不露出来)的。我妈就只好往天棚下的檩条缝里塞一块瓦楞纸板,太阳挪一点,纸板也跟着挪一点,刚好能把她挡住为止。终于有一天她挪烦了,脱掉衬衣长裤,换上在内地穿过的花里胡哨的凉裤和膝盖上两寸的宽腿老太婆短裤,都是棉绸的,轻软凉爽,很是惬意了一会儿。可却把顾客着实给惊着了。对祖祖辈辈生活在牧场上的牧人来说,这种服装实在太轻浮了!尤其是那些老太太们,骇得简直要祷告了——"胡大啊!"然后私下里嘀嘀咕咕,交头接耳议论不停。我妈则故作镇静,还微笑着问她们好不好看,她们忙不迭地"好!好好!"一通。末了客气地指出:"外面不再罩条裙子吗……"而她们穿裙子,一般来说袖子长到手心,领子一直扣到嗓子眼,裙摆又阔大,铺天盖地笼在身上。

我妈暗自悲叹,悄悄把那身虽舒服却大不自在的行头换了回去,再把头顶上的瓦楞纸移了一寸。

我就不管那么多了,我会套了我妈的棉绸长裙,宽宽大大,从头笼到脚,趿了拖鞋满山跑。因为裙摆很大,捡到什么好东西还可以用它兜了带回家。过河时将裙子一撩,裹在腰上过去了,远没脱裤子那么麻烦,上了岸还可以用裙摆把脚擦擦干净。

这条裙子没有袖子,肩很宽,松松垂在臂上。领口也因为撑不起来而松松垮垮耷拉着。腰节很低,显然不适合我,又没有腰带,"穿上去整个人都找不到了"——这是我妈的形容。她总笑我个子矮。我才不管,我拽着裙子走过深深的草滩,齐腰深的结了种子的草穗在四周摇摆,一直荡漾到夕阳燃烧的地方。我深深感慨一句,然后被裙子狠狠地绊他一跤……然后捂着鲜血长流的鼻子拽着裙子往家跑。还是觉得很浪漫。

附近这几条山谷里的人们都认识我,或是都认识我的裙子。我一天到晚四处游荡,好像很有名似的,谁见了我远远就开始打招呼。遗憾的是始终没能带动起一场流行来。大约大家除了崇拜我以外,对自己的穿戴也没什么不满意的。

那个天天跑到我家买瓜子的,正处在变声期的男孩的外套,看上去蛮合身,但仔细一看腰上还收了省缝,女式的。肯定是他的姐姐们穿过的。小孩努尔楠的马夹能够盖住肚皮,如果他不把胳膊抬起来的话。而所有家庭主妇们裙子上的补丁色调则是经过精心搭配的,一般都会左右对称。

再说我那条大裙子,我穿着它走进无人的森林,感觉到这裙子像一双手那样护着我,而且是手心朝外,沉默而韧性地抗拒着外界。我为这森林带来了最不可思议的东西——它柔软,垂直,色泽鲜艳醒目,它移动在大自然浑然厚重的氛围中,不可调和。其质地更是在树木、草丛、苔藓、岩石、阴暗、潮湿、昆虫、林鸟……的感觉之外轻轻抖动。裙子把我和森林隔开，我像是从另外一个空间与这森林重合，不慌不忙地转悠。这森林不肯容纳我，我的裙子却一再迁就我。我常常在林子里走着就停下了脚步。不知道我应该属于哪一种生活。

可惜在山里的其他生活可不像穿裙子那么悠闲。我还得干活，有时候出门，一去几天，装车卸货，搬家拆迁什么的。若再穿个裙子爬高爬低，绊来绊去的话，我这辈子非死于流鼻血不可。我说过，我妈的外套最方便，抓上就穿，到哪儿都离不了，这很使她生气。她到处找衣服找不着，问她找哪件，她说："就是娟儿的那件'工作服'。"——看，我这人就这么自私，自己的好衣服要留到进城再穿，平时尽在别人身上蹭便宜。

其实再好的衣服也没办法在山里穿出去。就算你整天哪儿也不去，不过河、不爬山、不摔跤，你也总得搬货、劈柴火、挑水之类的吧！再说了，就算你不怕弄脏弄破，舍得穿出去，也没几个人欣赏啊，甚至连像样的镜子都没得给你照的——就一面巴掌大的小圆镜，顶多能照到巴掌大的地方。

我们整天到处玩，手脚并用，向岸上或峭岩上爬去；在森林里摸索，爬过一棵又一棵腐朽、潮湿的巨大倒木；

扒开深深的灌木枝条侧身而过;在岩石丛中跳上跳下,往草堆里打滚;一屁股坐到坡度陡的地方,滑滑梯一样往下溜……加上脸皮又厚,你可以想象到我们身上的衣服会被穿成什么样子,简直是块大抹布嘛!我们这个样子进城的话,不管往哪儿一站,都会有人过来往你面前放零钱。以前我刚进山时,看到那些衣着破旧、神情鲜活的小孩,十分新奇,整天目不转睛盯着他们的一举一动。现在倒好,一出门反过来被那些小孩盯上了,三三两两远远站着打量,猴子般打量你,议论不休,兴趣盎然。唉。

住在山野

我们搭的帐篷除了我们自己谁也不敢进去。大家顶多在外面朝里看一看,客气几句便唏嘘离去。也是,这房子才住进去三天,柱子便倾斜到了一种相当可怕的角度。大家都说,到底是女人干下的事情,累死累活搭出来的房子还没人家的羊圈整齐。

不管怎样,我们还是在那个破棚里住了一个夏天。那根柱子一直不曾停止过倾斜,但始终没有真正倒下来。因为我们始终没有放弃。我们先是在柱子根部垒了几块大石头;然后用粗铁丝揽着它的顶端朝相反方向拉,绷直的铁丝另一端系在另外一块大石头上把柱子拽住;最后还用一根手臂粗的木棍抵着帐篷另一边的另一根柱子把这根柱子撑住。就这样,它一直坚持到我们离开的最后一天。等我们收拾完行李,扯开塑料篷布,撤去所有的防御工程,它居然还没倒下。我们的车开出很远,回头看时,它仍然孤独地倾斜在那里。

我怀念那个憩息在美丽沼泽上的五彩鲜艳的半透明房子。住在里面，黑夜只是一瞬间，白昼漫长而绵绵不绝。巨大的云朵在天空飞快地移动，房子里也跟着忽明忽暗。阳光曝晒的那些天里，简直要撑着伞才能在房子里过日子。而若是雨天，则满地水坑，四处明晃晃的，水线悬满了房子。其景况简直比房外还糟，至少外面没有让人担心淋坏的东西。而那些后半夜突然醒来的时光里，圆月从群山间升起，帐篷上清晰地印出一个硕大无比的牛头，那是在我们房前空地上过夜的牛朋友。

我家床底长满了青草，盛放着黄花，屋顶上停满了鸟儿。那些鸟儿的小脚印细碎闪烁地移动着，清晰可爱，给人"叽叽喳喳"的感觉，虽然它们并没有叽叽喳喳地叫。我们在帐篷里愉快地生活，不时抬头看看半透明顶篷上的那些调皮有趣的小脚印。它们浑然不觉，放心大胆地在我们头顶一览无余地展示着轻松与快乐。有时我妈会爬上柜台，站得高高的，用手隔着塑料布轻轻地戳着那些脚丫。开始它们不觉察，可能只是感觉有些痒吧，便在原地蹭两下。后来我妈戳重了，它们也只是漫不经心跳开去，就像在大树上感觉到一片叶子抖动那样不经意，一点也不大惊小怪。我妈满脸的笑，但忍着不出声，鸟儿们跳到哪儿就戳到哪儿，她想象着鸟儿们纳闷奇怪的表情。

有一次我妈把手从两片搭到一起的塑料布的接缝处轻轻伸出去，居然一下子抓住了一只。我们玩了好一会儿，又把它从那个缝里扔了出去，它连滚带爬地飞走了。

听起来好像我们跟大自然有多亲近似的，其实不然。在这里，牛总是来顶我们撑帐篷的桩子，狗偷我们晾挂的干肉，顾客和我们吵架，风也老掀我们的屋顶。我妈就从森林里拖了几根小倒木回家，请邻居小伙子帮忙，吭哧吭哧架到帐篷顶上。她以为用它们压住篷布，风就没办法掀开屋顶了。结果刚刚搁上去最后一根木头，突然一阵惊天动地的"噼里啪啦""稀里哗啦"……塑料房子给压塌了。

最不能忍受的是那些大雨天气，四面八方都是水，跟住在水晶宫里似的。一抬头，一长串冰冷刺骨的水珠淌进脖子，缩起脖子赶紧跳开，却一脚踩进一个水坑。

一般来说，我妈把我家帐篷唤作"渔网"。比如她说："看什么看？赶快回渔网里待着！"

在那个渔网里睡觉，被子上还搭一层塑料纸。六七月间，每天总会时不时来一场雨，有一阵没一阵地摔打在房顶篷布上，房子里也会有碎雨如蒙蒙雾气般飘扬，枕巾和被头潮潮的。有时候雨下着下着就渐渐感觉不到水雾了，外面静静的,又让人莫名地激动,上方的天空朦朦幻现动人的红色。我知道,那是下雪了。

山里面的天气那是——刚刚晴空万里,碧蓝如洗,突然一下子就移过来一堆云,顷刻暴雨连连;暴雨铺展了没一会儿,瞬间打住,像自来水龙头一下子拧紧了似的;还没回过神来,云层像变戏法似的突然散尽,晴空万里;再等几分钟,又再来一次乌云沉沉,倾盆大雨,然后雨水再一次戛然而止,天空做梦似的晴了,阳光再一次普照万物……就这样反反复复,把人折腾得傻傻的,什么也不愿意相信了,麻木地等着下一场雨或下一场晴猛地跳出来吓唬人。

在那些日子里,每天都得如此反复三四遍甚至更多。

我对别人说,我们那儿每天都下雨。他不相信。我一想也是,哪有每天绝对下雨的地方?于是改口说,有时也不下雨,只下雪和冰雹。

其实,如果我们的那个在沼泽上支几根小棍、撑一张塑料布就算是个家的小棚再结实一点,我也绝不会说这么多有关天气的废话。我们实在太惧怕天气了,在自然中,人渺小又软弱。风雨来时,我们几乎只能用双手挡在头顶上。我们保不住房子,最多只能保住心底巴掌大的一处干燥温暖的角落。虽然我们也在想各种办法补救这个摇摇欲坠的家。我们翻出各种各样的器具接水,有的地方两分钟就能接满一大桶水;用绳子把篷布破漏之处揪作一团绑好;把屋顶上被风掀起的篷布边缘系根绳子吊块石头使其扯平、稳固;还在棚子四面八方绷上铁丝,周围挖好排水渠……但做了这些就跟什么也没做一样,我们始终被暴露在荒野中,毫无遮掩地被风雨冲刷。我在风雨中用铁锨挖开帐篷四周的泥土。锨刃下草根牵牵扯扯,草皮密实地连成一团,怎么也挖不动。又觉得自己正在挖掘的是一具生命的躯体,自己正在努力切开它的肌肤……头发、毛衣、毛裤全湿透了,我还是挖不动,忍不住想哭。我想这可能是整个世界在阻止我挖……然后我们又往垂落泥地上的篷布边缘上压石头。石头不够时,便压上去一些连有草皮的沉重泥块。铲不动的草皮,就扔了铁锨徒手上,又拽又扯。拽着拽着,我突然停住,指着一大块沉甸甸的潮湿泥土,对我妈说:"看,这上面还有株草莓……"

她笑了。然后我们一直笑着干到最后。雨也停了。雨停的地方到处都是草莓的掌状叶片。我想,不久后会有一颗鲜艳的果实,凝结在我们最艰难、最绝望之处。

我们离开那里的时候,心里想的却是如何更好地回来。

在巴拉尔茨的一个小村庄里，我们租了村民的两间土坯墙的房子，倒是不用搭塑料棚了。

刚开始租的是叶尔保拉提家的房子，离村子还有两三公里，在通往铁矿的土路边一座光秃秃的坡顶上，孤零零一幢土房子。附近就住我们和房东两家人。房子北面三十步远有一个打馕的馕坑，空心的圆形炉灶坟墓一样凸立在坡顶上。每当我从坡底走上来，看到坡顶上衬着一大面深蓝天空的土墙房子和馕坑，总忍不住想落泪。我想，那就是我的家……

巴拉尔茨没有大片森林，但是有一条宽阔美丽的大河。河离我们的住处虽然不远，路却不好走，用水很不方便。这下倒好，以前在沙依横布拉克，天天跟水生气，总算换到一个缺水的地方，却又因没水而烦心。那个地方很干燥，尘土很大，呛人。

如果我们打算在那个地方待个三年五载的话，一定会像叶尔保拉家一样弄辆牛车去拉水。不但省力，还多么富于情趣！可是我们只能天天去挑水，走过半坡的斜地，沿一道峭壁旁的小路小心下去，再穿过一片灌木林，一片白柳林，一片杨树林，才来到宽阔清浅的河边。路途遥远，风光无限。如果没两个桶压在肩上的话我很乐意每天来八趟。

转场的牧民快要经过这里时，我们搬进了村子，住在村子中间唯一一条马路的向阳一侧，地势很好。每天都有很多顾客上门，当然，其中不乏凑热闹的。大家一整天一整天趴在我家高高的柜台上，盯着货架上的商品发呆。你被盯毛了，给他抓把瓜子，他接过来"喀啦喀啦"嗑完，还是不走。你再给他一把糖，他站那"咯嘣咯嘣"嚼完了，仍然不走。你开始吃饭了，他就斜靠在旁边目不转睛盯着你吃。这个村子里的人似乎都没事干，真让人羡慕。

　　在那个村子里，我们住得阔绰极了，整整四大间房子（没办法，房东非要全给我们不可）。我们就只好一间用来做生意，一间用来放床，一间用来放锅，一间用来放钱。我们居家过日子的东西实在太少了。可惜的是，这房子实在太破，估计什么东西也放不住。尤其是那门，破破烂烂不说，上面还没给装插销或锁扣什么的。我们只好在门上和门框上各敲一根大铁钉。晚上睡觉前，用一根绳子勒在两根铁钉上，把门绑在门框上。绑得结实得不得了，以至于有人在外面拽门时，由于拽不开，一使劲，把门从合页那边拽开了。

　　我在山里住，一般是睡在码得整整齐齐的几十卷布匹上的（我们是裁缝嘛）。我妈称我睡觉的行为为"拱布堆"。她安慰我说，这么高级的床不是谁都能睡的，窄是窄了点，可价值足足上万。于是我就在那豪华的万元大床上挤着。布堆上方的架子上挂了八十多条裤子，我做那些裤子时没剪干净的线头全垂下来，须须连连的一片，罩在我脸上。

我妈更惨一点，她只能睡柜台——我们家柜台太高了！她每天上"床"之前都要唉声叹气半天，所幸一次也没掉下来过。只是有时半夜起床，一个翻身坐起来，腿空垂柜台边上，够不着地面，找不着鞋子的感觉据说极不踏实。

后来她用啤酒箱子拼床，箱子里面用空啤酒瓶撑起来。八个箱子才够一张床。她整天搬来搬去，晚上铺，早上拆，也不嫌麻烦。

常年转场迁徙的牧民们居住在可以拆卸的圆毡房里，那种房子和蒙古包很像。我们在山野里游荡时也借宿过。

有一次我们搭拉矿石的卡车，到附近的库委沟去。回来时，车在险要的汤玛奇达坂最高处坏掉了。我们便在路边等车，等了两天也没等到有别的车打那条山间土路经过。等待的时间里，我妈和同去的李阿姨整天去树林里挖虫草、拾蘑菇、摘草莓、采木耳。我则一个人翻过达坂，深入静悄悄的林野中，在一条深深窄窄的水涧底端捡石头。那儿有半成形的玉石玛瑙，有银灰色和浅咖色的水晶碎块，还有葡萄酒色的石榴石。后来还碰到一块屏风一般立在水边的银光闪闪、含有大量云母颗粒的巨石，约桌面大小，最厚处不过三十厘米。最神奇的是，在银亮光洁的石面上居然镶嵌了四五十颗深红色的石榴石！最大的足有鸡蛋那么大，一粒一粒凸出来，其中有几颗隐隐约呈北斗七星状。总之非常稀奇。真想带走它啊！如果带得动的话……徘徊半天，最后还是背着满书包的碎石头走了。

总之，白天里还真挺好玩的，以至玩得忘了大事。到了晚上，差点儿没地方住。后来我们终于想起白天在山脚某个地方好像见过一顶毡房。我们三个便凭着记忆趁着大月亮朝那边摸了过去。一路上被沼泽害得苦不堪言，还迷了一次路。好容易三个人跟三条鬼似的摸到那个毡房跟前，推开门一看，天啦，昏黄的烛光里只看到一大排脚丫子，横贯东西。来不及打招呼，赶紧把那门又给拉上，另投住处去也。接下来，又在沼泽中挣扎一番，摸进附近的第二个毡房，里面倒是只住了一个老妈妈和几个孩子，没有男人。老人家给我们抱来两床被子，我们千恩万谢接过来，睡下了。

那是我第一次睡毡房，感觉特不踏实。我们实在不能相信薄薄一层毡子能在荒野中挡住什么（虽然我们家帐篷的塑料布更薄,可那是在牧场上的帐篷区,四面都是人家啊)。山风不绝,呼呼啦啦。我们虽然累极了,但一时都不敢放心睡过去。尤其在地铺的另一边,那祖孙几个睡得连呼噜声都没有,遥远地横在近旁,更是心生怖意。女人嘛,本来就比较神经质,三个女人凑到一起,想象力就更精彩了。我妈担心坏蛋、色狼;我姨害怕狼、野猪和大棕熊;而我则一个劲儿地但愿不要来小偷。三个人越想可怕,越想越当真,缩作一堆,半夜想上厕所都不敢出去。结果心惊胆战捱到天明,世界光明万里,啥事也没,不禁又觉得好笑。

相信更多的人来到这山野,都不会比我们过得更好了。更多的人,不是来这里生活的,只不过来观观光、散散心而已,带了相机和宿营帐篷,气派体面地开着越野小车。进山感慨半天大自然,再打探一下安全问题,最后找匹马或骆驼合影,便心满意足打道回府了。要不就是同样迫于生计,进山讨生活的人们。但大部分人往往待了没几天就无法忍受了,诅咒发誓:"让我在这白捡钱也不来了!"咬牙切齿地离开,好像这个地方多么地亏欠他。

其实我们也是一直到最后仍不能完全适应这样的生活。我们也渴望能在床上睡觉,在桌上吃饭,在平直的路上走，过习而惯之的生活。每当我们下山进城，总感觉已经与外面的世界格格不入了，那也不是我们所愿意的。幸亏我们也想得开，换言之脸皮较厚，并不在乎那么多。毕竟，更重要的不是这些。

不管怎么说，好赖都是自己的窝，怎么看怎么顺眼，怎么住怎么自在，总比在别人家里凑合着强。尤其是那种深山野店，孤零零出现在山路旁要隘处，黑店似的。有一次我进城多待了几天，回去时正赶上牧民全都下山打草了，所有的黑车也都下山了。一时找不到上山的车辆。我在那个岔路口等了两天车，住了两天。路口那家食宿店的老板娘照顾得还算周到，看我是女孩子，特别给开了一个"单间"。我非常高兴。到了晚上，跟着她打着手电在一片乌漆麻黑的废弃的村墟里东绕西绕绕半天，一路崎岖，没有尽头似的。好容易才来到断壁残垣间的一幢独立的院落前。院子简破，残败，好像马上就会有《聊斋》里的人物出场。我不知道这个"单间"居然这么大，并且这么荒。虽感激老板娘的慷慨，但说什么也不敢住进去。后来才知道根本不是这么回事。

什么"单间"啊，分明是一只"盒子"！这只"盒子"置放在大房间的正中央，一面靠墙，用三块三合板像屏风一样围起来五六个平方，里面支了两张窄床，算是

"女客房"。屏风外面的地铺便是"男客房",横七竖八睡满了男人。都是些司机、淘金客、伐木工人什么的。南腔北调吹完牛,鼾声大作,震得我的小盒子跟纸盒子似的瑟瑟发抖。而且盒子的门上连根插销都没给装,只在门把手和门框上各系了根绳子。我把这两根绳子绑到一起,打了七七四十九个结。末了还是不放心,试着推了推,结果这样一推,连门带整面"墙"一起倒了下去。我连忙抓住绳子把墙拽回来,小心翼翼扶正。一夜无话。

第二天结账,一晚上十块,比别的客官多四块钱。"单间"嘛。

野踪偶遇

野鸭的叫声突然稠密起来。

我在峭壁上小心站稳了,回头看去。波光万顷,粼粼潋滟。

那人从水边过来了。

为了烧点茶水,我在这高山湖泊边升起了一堆火,等着他的锅。这荒山野岭的,看他到哪儿去找锅!——果然,是空着手回来的。我便把火踢灭了。他把摩托车推到附近的巨石堆里藏起来,然后领我去看他的重大发现。我们沿着犬牙参差的湖岸岩石高一脚低一脚向南面走去。乱石滩间处处笼罩着云雾般的满天星,盛开着洁白的刺玫花。路边岩石上布满一团一团凄厉惨艳、五彩斑斓的石花。四脚蛇在石缝里迅速躲闪。蜻蜓一群一群逐戏,有的会像梦一样栖停在空气中。二十分钟后,在宝石蓝的湖水一侧出现了雪白的大坝,大坝上开满了金黄色的野油菜花。

　　我们下了峭壁走上大坝，穿过齐腰深的菜花，就看到了湖泊南面秃土坡上一幢小小的泥土房子。再往前走几步路，角度一转，又看到了一座圆溜溜的毡房状土屋砌在房子的斜下方。两个房子周围以木篱笆和铁丝网从坡上到坡下圈起了一个天大的院落。我早就饿得心慌了，此情此景一时间使人既觉不可思议，更是狂喜难言。我们跑了过去，移开挡大门的横木，大声问着："有人吗？"走进院子一看，心凉了半截，这破地方也不知几百年没住人了，荒得可以。不过也可能主人举家搬进夏牧场了。我们走到坡顶的房子前，看到门上挂了锁。我拽一拽它，再围房子转一圈，连个可以爬进去的窗户都找不到。这个房子居然没窗户！

　　而他掏出身上叮叮当当的一大串钥匙，在那个挂锁上一把一把碰起运气来。等我绕房子走了第二圈回来，那个破锁居然被他用这种笨方法给弄开了。

　　屋里一片狼藉。低矮宽大的床榻上空空的，几张破毡子卷起来撂在一角。右手边的屋里开有天窗，稍亮一些。空地上胡乱码着几个麻袋，有的装着东西，有的是空的。我打开一个袋子看了看，装着喂牲口的粗盐。房中央有一张尺把高的矮方桌，上面乱七八糟放着几个脏碗。

他在房间角落里翻了翻，找出一把难见庐山真面目的破茶壶。我拎着茶壶出门下山，走过大坝，穿过斜坡上一大片高过肩膀的芦苇，循着"哗啦"水声，扒开深深的草丛找到一条清清的小河。大致洗了洗壶，打了一壶水回去。又在房子附近拾些碎柴，把房间里唯一的火炉升起来。谁知这家人的烟囱有些堵，不抽烟，房子里给呛得昏天黑地。只好转移到门口空地上，垒了几块石头搭了一个简单的小灶，把茶壶放上去烧水。这时，他不知从哪儿翻出来一小块黑茯茶，我把茶掰碎扔到水里煮，又顺手从室内的麻袋里捏一撮粗盐撒进茶水里。

烧茶的时间里我又洗出两只碗来，准备沏茶。方桌上的一只小碟子里还剩一小块黄油，桌角扔着团餐布模样的包裹，解开一看，里面有几块干奶酪和一小块干馕，不知道放了几辈子了。

茶香溢出时，上方的天空和不远处的湖水一下子变得更蓝，蓝得像假的一样。这坡顶的院子沐浴在山野六月极度明亮的阳光下，树林在坡下一片片颤动。一切像个梦似的。

我忙里忙外的，那家伙居然躺在破床榻上舒舒服服地抽着烟休息。

实在没什么吃的。这顿饭每人就灌了两碗黑茶。他啃那几块放了几辈子的干奶酪,把唯一那块放了几辈子的干馕块让给了我。馕块只有乒乓球大小,我闻了闻,好像没事,便放进嘴里咬。咬一下又取出来看——的确是块馕,又咬,又拿出来看……实在没办法咬得动它。只好扔进茶里泡了半天,才勉强泡软了掰开,伸直脖子一点点咽了下去。

至于那点黄油,根本不敢吃。

这是谁家的房子呢?房子的主人去哪里了呢?

离开时他包了一撮盐揣口袋里。依旧用那个假锁头把门锁了回去,挡院门的木头也重新横了回去。

我们又走上了湖岸边的峭壁。下临碧水,水面远处一片一片的亮点全是野鸭,此起彼伏的叫声时疏时密地回响在空荡荡的湖面上。远处森林蔚然。

我们回到老地方,解下绑在摩托车后的渔网和一大卷沉重的绳子,一前一后下了峭壁,向湖水北面的沼泽走去。那片沼泽漆黑一片,寸草不生,只是东一棵西一棵长着矮矮的白柳。干涸的地方处处裂着缝,湿的地方稀泥能陷到脚踝,脚拔都拔不出来。我的鞋子被拽掉了好几次。越往前走,越稀泞。我有点害怕,紧紧拽住他走。不一会儿就到了汇进湖水的河口边,河水不深,清澈见底,但流速非常急。河底没有一块石头,全是在激流中迅速翻滚奔走的细细流沙，一脚踩进去便陷没到脚脖子。他让我自己一个人过河，我打死不干。他便背我过去了。然后把绳子的一端递给我，叮嘱我几句，便独自过河穿过沼泽往回走。

　　他持着绳卷的另一头，边走边一圈一圈地放。我们一个往东一个往西，绳子越放越长，越放越沉。终于跨越了湖泊一角时，他把网系在绳子上遥遥递送了过来。我骑在水边的一块岩石上，紧紧地稳住身子，使足劲拽绳子。绳子越来越沉重，人也越来越吃力。等二十多米长的网快要完全到达手中时，绳子的拉力差点把我拽进水里。我动也不敢动，拽着绳子抱着石头，紧紧趴着。手指被绳子勒破了，脸给日光烤得发疼。终于，网完全传过来了。我把网上原有的绳子系到身边的大石头上。解下原来的那根长的，一圈一圈收成一卷，扛着走回河边。把这卷绳子的绳头隔岸抛给他。于是我们又重复了一遍刚才的行为……就这样，我们一连下了五张网。

　　结果，一共打了五条鱼。

　　湖水太深了，我们的网太短，挂得太浅。

　　他还想再试一轮，我却怎么也不肯奉陪了。忙了好几个钟头，肚子早就饿得没办法了。我们便把那五条巴掌大的小鱼开膛破肚，刮了刮洗了洗，升起一堆火，用小树枝穿上烤了起来。这才明白他刚才为什么带盐。

啊,香死了……

这次搭这家伙的便车下山,谁知半路上他非要抄近路,于是绕来绕去的,给绕迷了,这才跑到这个地方来。刚好又随身带着网,看到这么大一片水域,他心痒痒了。于是这一耽搁就大半天。要不早就到城里了。

他攀上附近最高的一处岩石,站上去四处探望。确定方向后走下来,从石堆里推出摩托车,重新载上我,在石堆和树林间左绕右绕,终于绕回了原道。天色已晚,太阳完全落山了,天地间的最后一笔激情犹在西方绚烂。世界仍然是那样清晰,只是已不再过度地明亮。我们回头望去,翠蓝色的湖水不知何时发白了,在群山间仅显一角。湖畔的芦苇丛一片寂静,野鸭们似乎突然消失了。下了一处达坂后,这一切就完全看不到了。

第二章

这样的生活

外婆在风中追逐草帽

风把外婆的草帽吹走了,我伸出手去,做了一个抓住它的姿势。群山、森林、草甸便突然远去……我从梦中醒来。

我又在梦中睡去。越过巴山蜀水,去到一个叫"四方坡"的地方,一个叫"放生铺"的地方,一个叫"千人堆"的地方……盘山路一层又一层,一圈又一圈。从染坊垭口走下去,有一个村庄桃花似海……然后又是蓝色的额尔齐斯河。阿尔泰群山间升起明月,恰娜骑着马,从山谷尽头缓缓过来……外婆,我夜夜不得安宁,夜夜与梦境纠缠,辗转反侧,泪眼盈盈……

还有一个北方崭新寂静的城市,宽广的街道上行人寥寥,气派的医院,浓重的药味,穿梭忙碌的白衣人,冰冷的CT室,白的病房,白的床……外婆,我在这寒冷的夜晚拥紧被褥,离你两百公里,替你深深地感受陌生,替你防备地看着世界，替你不停地怀想故乡，外婆……如果这是你的家乡，那么今夜你起身，推门出去，看见的必是青瓦青砖的天井，深暗的阳沟里长满秋苔。你走出巷子，去向对门竹林，看到胡家幺妹背着竹篓走过，对面秋秋婆正坐在自家晒坝中央，笑对一窝鸡娃……可是，你四周都是病人。门开开关关，人进进出出，空气里纷扬着你永远无法理解的异域他乡的话语，光怪陆离的仪器被推进推出。外婆，这个世界多么陌生冰凉。而此时在故乡，鲜艳的红橘怕是已经燃去清晨的薄雾。冬季在天涯。

八十八年！外婆，八十八年的日子里，在那个四季常青的地方，你如何一天一天缓慢地度过？八十八年，与晚霞熄灭在黄昏，与晨钟缠绵在清晨。在童年中滋生出青春，在爱情中一日日老去。八十八年啊，让一个女子的一生如此漫长，如此安详。这八十八年如此强大，以至于在你八十八岁高龄那年离开故乡去到遥远的新疆后，便再也不能转回了……

外婆，我记得那顶草帽是你在故乡时就戴上的，一直戴到阿尔泰大山脚下。在北方那个偏远闭塞的小城，你的草帽在街头巷尾固执地强调着你是一个异乡人。你不愿意摘下草帽，后来又戴着它走进阿尔泰群山深处；戴着它，看北方群山壮阔巍峨，看森林浩荡起伏，看雨天洪水的肆虐，看六月飞雪的神奇。我们常常看到你一个人拄杖蹒跚而行，沿河边的小路来回走动，出神地看着远方。外婆，那时候我们真难过……我们看到，你对这个世界的惊奇，其实就是你的寂寞……我们把你从你熟悉的的家乡带走，却不能给你安稳的生活。我们的房子总是漏雨，我们没有办法弄到新鲜的蔬菜，还有你所习惯的猪肉，你吃不惯牛羊肉……我们又总是很忙，总是没有更多的时间去分担更多的家务……外婆，我们流着泪回顾那些日子，总是看到你戴着大大的草帽，身子单薄瘦小，走在群山森林间，又像是走在故乡的一条田埂上。

那一天，原本万里无云的天空顷刻间风雨大作，冰雹连连。整个帐篷的篷布被掀开了，南面山墙的篷布也在风中被撕裂了一大块。妈妈不在家。我们祖孙俩艰难地抢修。床单、塑料袋、纸箱、柴禾、木板、碎布……能用的全用上了，能想到的办法全试着做了。我沿着柱子爬到帐篷顶端，去拉扯一块被风掀开的篷布。却怎么也拉不动，心中一片无望与悲伤。这时回过头来，看到外婆的草帽被风吹走了。

我站得很高，只能遥遥伸手去做一个抓住它的姿势。然后又缩回手来，捂着脸哭泣。

我越哭越厉害，泪眼朦胧地看着外婆在风中追逐草帽。看着她急赶慢赶,追过了叶尔肯家的毡房门口,追到了河边,又摇摇晃晃地过了独木桥,一直追到河对面无边的草地上。一直追啊追啊,似乎会这样一直追下去,永远都不回来了……

外婆,是不是从那一天起,我们就已经把你永远地留在大山里了?而此时,你正躺卧在离我两百公里以外的病床上,烦躁不安地面对陌生的一切,像孩子一样孤独、紧张、害怕。你头发蓬乱,双手死死拽着被角,一直拉到鼻子以上,只露出一双眼睛,怀疑地打量这个世界。外婆,你病了,却仍然那么倔强,你的灵魂仍然戴着草帽。

而我们,却永远也不会有那样一顶草帽,用来抵抗生活的天降之物。我们早已成为随波逐流的人了,一任生活把我们带向任何一个未知的远方。我们早已习惯于接受和忍受。我们还年轻,还没有八十八年这样漫长的一段时间用来坚持一样东西。我们今后放弃的可能会更多。

外婆,我又将睡去,不知今夜的梦,又将如何……

什么叫零下四十二度

就是穿着厚厚的棉皮鞋,也跟光脚踩在冰上一样。

就是"冷"已经不能叫作冷了,而叫"疼"。前额和后脑勺有被猛击般的疼痛感。鼻子更是剧痛难耐,只好用嘴呼吸。而耳朵似乎已经硬了。

两眼更是被寒冷刺激得泪流不止。泪水在严寒中蒸腾。眼镜镜片模糊一片,很快凝结成抹不掉的冰凌。金属的眼镜架被冻得估计比冷空气还冷,偶尔触动一下太阳穴或脸颊,就刺痛得像有铁锥子往那个地方扎。我取下了眼镜,没一会儿,没遮没拦的眼珠子又给冻得生痛。只好飞快地眨着眼睛前进,靠事物留在视网膜上那一个个短暂瞬间辨别道路。走过两条街后,终于完全闭上了眼睛,心里从一数到十,就睁开迅速看一眼,再闭上眼从一往十数。

就是手指都伸不直了啊!

就是在那样的时候,一遍又一遍地想着母亲……

尤其是想到自己要去的地方仍那么遥远……

尤其是想到那个地方将更为寒冷……

尤其是想到这条寒冷之路今夜还要没完没了来来回回走下去，这种生活还要一点一点过下去……

就是在灯火平静之时，在空寂洁白的雪的街道上，推着满满一板车锅碗瓢勺、箱笼被褥——眼下所有的家当，独自行进在寒流之中。推车所使出的力气似乎也被冰封、冻结了，凝固在满车家什上机械向前。这一车黑乎乎的东西沉默在行程中，敏锐感应着我的每一阵悸动、孤独、害怕以及想要放弃……

就是走着走着，在某幢房子的一扇窗下停步，抬头张望，想起往事……那些同样寒冷的日子里，我们被皮大衣从头裹到脚，坐在马拉雪橇上飞驰在雪野中。马蹄溅起的碎雪漫天飞扬，我们背靠背蜷在雪橇上，路两边堆起的雪墙高过人头……我们唱起了歌，赶马的人满头大汗，解下脖子上的围巾转身递给我……

路过一个电话亭时，终于忍不住，丢下车跑了过去。电话拨通却没有人接，"嘟嘟——"的声音像一串省略号省略进夜的最深处……我擦干了眼泪。

就是一切已经过去了啊！

就是我仍然还在这里……

是我仍然还在等待噩耗前来……

还有更为寒冷的一点希望,还有更为漫长的一段生活。

还有那个等候在黑夜深处的新家——

还有四条街——

还有三条街……

还有一条街……

还有最后几十米……

我瑟瑟松开手,放下推车飞奔而去,拉开没有上锁的门,扑进去哭泣,妈妈……

我找出一根蜡烛点上,把车上的东西一一拖到门口,又一一搬进房子。没有门闩,我四处找了根绳子把门从里面绑好,然后把屋角那个填满破土块烂木头的炉灶收拾干净,划着一根火柴升起了炉子。我围着这熊熊燃烧的火炉取暖,很快暖和过来。我以为冻僵的部分会因温暖的苏醒而麻痒剧痛,可始终没有。室内温暖如春,我感觉到困意。我站起身去提水,转身却滑了一跤,重重摔在满地厚厚的坚冰上。我趴在地上流下泪来,并亲眼看到这泪水一滴滴落下,瞬间冻结在冰面上。我终于又哭出声来!这世界仍然在寒冷,在我已经没有办法感觉到的地方,已经没有办法感觉到的地方——继续寒冷……

107

牛在冬天

我端着满满一纸箱子垃圾，向马路尽头的垃圾堆走去。半路上，路过的一头牛看了我一眼，立刻两眼发光。当时，我还以为只是错觉，也没管那么多，继续往前走。那牛则从栏杆另一边绕过来，寸步不离跟着我，而且加快了速度，想超过我。真是奇怪。远远地，马路南边又有两头牛几乎在同一时间发现了我，也争先恐后跑来了。我扭头往东边看，不知什么时候又跟上了五六头。真有些急了，不禁加快了步子，后来干脆小跑了起来。后面的牛越跟越多，也不知从哪儿突然冒出来的，好像半个喀吾图的牛都从各个旮旯角落集中过来了，浩浩荡荡，追着我狂奔。我魂都骇飞了，回头瞟一眼，一大片又尖又硬的牛角，乱纷纷的牛蹄子。我大喊："这是怎么了！咋回事啊？"马路上人虽然不多，三三两两的也不少，都隔了篱笆冲我哈哈大笑。我也来不及去恨他们了，魂飞胆裂，还没冲到垃圾堆就"啪"地把垃圾扔了。箱子也不要了，人也不停住，直直地冲向垃圾堆，冲上垃圾堆，冲过垃圾堆，头也不回向对面的雪野跑去。远远地又听到后面有人在大笑。我气喘吁吁回头一看，奇怪，追兵一个也没了，比突然跟上我时还要突然。再看，它们正扎扎实实围在垃圾堆边起内讧。好像在争抢什么东西，你拱我刨，撕抢追抵，好不热闹。这时有一头牛左右突围，杀开一条血路冲将出来，嘴里牢牢衔着它的战利品——我恍然大悟，那是我用来装垃圾的纸箱子。

我就那样站在茫茫雪原上，远远看着百牛奔腾，追逐前面的那头心犹不甘的牛英雄——就跟追我时一个架势。

经常被这种情景打动的还有我外婆。她刚从南方来，哪里见过这等场面！每每唏嘘不已，一有时间就在柜台里东倒西腾，腾出不少空纸箱，跑出去喂牛。没办法，她信佛，很有好生之德。这下好了，整条马路两边的门面房前，就我家门口聚集的牛最多，整整齐齐一直排到三岔路口。牛脑袋齐刷刷冲我家大门望着，门一开便闻风而动。我家哪里有那么多纸箱子喂它们啊？

牛在冬天实在可怜，一夏天狠积狠攒的大块肥膘，不到两个月便消得屁股尖尖，一身骨架子。只好咬紧牙关，熬到夏天再报复般地猛吃几个月。如此一张一弛，反差剧烈，弄得牛可能想不通世界到底咋回事，既然有暖和碧绿的夏天，为什么又会有积雪覆盖、寒冷漫长的冬天呢？因此我们这里的牛都非常神经质，非常吓人。

有一次我一推开门就迎面撞上一头牛，它往前走了一步，就把我死死堵在门口，出不了门。它的牛角直直硬硬地戳着，牛眼一动不动盯着你——我上门讨债也以这样的眼神看过人。于是我也不动，静静望着它，两下较劲。却实在不是它的对手，很快败下阵来。我目光的神威只能维持一分钟，久了便虚了，不由自主换了苦苦哀求的神情："你咋还不走？求你走吧？"——它仍牛眼炯炯，意味深长。若是个人，我一把推他个转身就出去了。可它是牛，几百公斤的东西，还长的有角……

我妈才可笑——不过，也可能在逗我们开心——她在那儿一个劲儿说："喂，你后面是什么？快看，看你的后面……"

——它要是能上当，它就是天下最聪明的牛。

反正死活不走，于是门也没法关上，房子里白气腾腾，越来越冷。

至于后来怎么解决的？还是纸箱子的功劳……

我妈一个劲儿地埋怨外婆，说都是她把附近这一带的牛全惯坏了，我家简直成了牛的慈善机构。

后来我妈又埋怨本地的哈萨克老乡不好好喂牛,都太懒了。此言一出,引起众愤。她缄默,但还是没办法相信外面那些整天到处转悠的牛全是喂过的。它们总是在冰天雪地中不安地四处拱嗅,甚至啃食自己的粪便。真是饿疯了。我外婆叹口气,又去翻天翻地找纸箱子。

有时候,有了空箱子,附近却一时不见牛踪,她老人家就冒着零下二三十度的大冷天,满村找牛。找到了扔过去就赶紧往回跑。自己冻得不行不说,还让牛们为此起内讧,打群架。我妈说:"把箱子就撂在门口,等它自己来吃嘛。"我外婆一想也是。可到了下一次,还是忍不住跑出去,大老远的亲自送到牛嘴边。亲眼看着被施予者接受自己心意是不是很快乐?冬天太冷,除了这个,她很少有出门的借口。外婆多么寂寞。

我们老家的黄牯牛啊水牛啊都是要犁地的,她从来没有见过新疆的牛干过活,甚至连牛车都没见过一辆。于是,她认定新疆的牛一定是因为好吃懒做才落得如此下场。你看,三九寒天还流落街上没人管,自己四处找吃的。到处是冰雪,皑皑到天边,哪有吃的!而牛一个劲儿地长流透明的涎液,她则认为是它们感冒了,类似于人类流清鼻涕。她都不知道牛皮有多厚。迟暮的老人,总是会像孩子一样天真。

111

我常常在一旁悄悄观察我外婆、我妈与牛之间的——暂且称之为——"交往"。我知道她们对万物始终保持着一种天生的亲近，却不能明白这亲近从何而来。为什么我就没有那样的亲近感呢？是不是每个人到了一定年龄后就会顺着从原初走出的路再走回原初？衰老是一种什么样的力量？是一种什么样的冬天？我每天看着我妈进进出出都在与门口的牛自然而然地打着招呼，别人可能只会觉得她是一个天真风趣的人。而我，则总会想到冥冥之中类似于因缘的某种事物作祟。细想之下，不禁恐怖——患得患失的恐怖。母亲离我多么遥远，好像我们分别处在夏天与冬天。很多时候我都感觉不到她，就像感觉不到一头牛在冬天所能感觉到的那些。

　　我猜想牛在冬天一定比夏天想得多点。在冬天里，牛们因饥饿而更加寒冷，因世界白寂而惶惶不安，于是它们失去了夏日的天真驯和。其实我们也不喜欢冬天，我们被重重大雪困在这个山脚下的村庄里，焦躁、沉闷，围着室中炉火，想着春天。牛在冰天雪地中四处徘徊，就像我们在深暗的货架柜台后面一整天一整天地静静坐着漫天冥想。冬天多么漫长难熬，牛在身边走来走去，我想它们所寻找的可能不仅仅是食物，还有出口，通向暖和天气的出口。然后我们就跟着它一起走出去。

哎，其实我们还是挺喜欢牛的，如果它们其中的一个后来不偷吃我家储存在门楣上的芹菜和大葱的话。放那么高，亏它也能够着！我妈气得要死，那天她几乎围着喀吾图把它撵了一大圈。回家后我们就只好吃咸菜炖土豆。从那以后，那头牛就经常来，长时间翘首往我们家门上观望。可惜再没有这样的好事了。但它还是来，一直到春天为止。我们谁都没想到冬天里的绿色食品如此强烈地刺激了它的记忆——第二年冬天它还来，还那样吓人地仰着脖子往我家门楣上看。

花脸雀

我实在看不出那种鸟的脸花在哪里。甚至连它们的脸长得什么样子都看不清楚——它们在沼泽上左跳右跃,上突下闪,急匆匆地来,慌忙忙地去。

外婆一看到这种鸟就像小孩子一样又惊又喜:"花脸雀!花脸雀——我们放生铺的花脸雀哪么飞到这里来了?"

放生铺——她的故乡,她九十年的生命里生活了近三十年的地方。

我去过放生铺几次。也知道那个四季常青、松柏满坡的地方的确有很多鸟,但实在想不起其中还有一种叫什么"花脸雀"的……

在那个地方,每天早上鸟叫跟吵架似的热闹非凡。

沙依横布拉克的鸟也多,但啾叫声却寥寥的。没办法,山野太广阔了,发生其间的任何声响都会被拉得一声远离一声，显得惊惊乍乍而稀稀落落。

那些鸟更知道怎样去沉默。

那些鸟，有的长得跟麻雀似的，很不显眼。开始我也就把它们当成麻雀了，后来发现它们踱着步走而不是跳着走的。又仔细观察别的鸟，才发现没有一只是我见过的。再想一想，发现自己见过的鸟差不多只以"大鸟"、"小鸟"和鸡的概念出现，没有更详细的分类。

外婆整天"花脸雀，花脸雀"地念叨，真搞不清楚她在说哪一种。是体态稍显修长清秀、翅膀上有白斑的那种黑鸟，还是灰不溜秋、腹部白色、带抹轻红的那位？

她每天洗了碗就把洗碗水倒在固定的地方，水渗进大地，饭粒残渣留了下来。那些鸟每天去那里努力啄啊啄啊。双方都养成了习惯。

一般来说，同类的鸟都往一块儿站，那片沼泽上便清清楚楚地分了好几个门派，绝不会瞎掺和在一起。如果不是那样的话，我无论如何也弄不清楚谁和谁是一拨的。它们的差别太细微了，只有我外婆那样的老人家才有那个闲工夫去一一分辨。

"花脸雀又来了。"

或者——"今天怎么只有灰山雀雀来了？"

"灰山雀雀"又是什么？

我妈干活时也爱往那边瞅。她观察得更详细，详细得让人无法相信。她说上午来的那批鸟和下午来的那批不一样，午后和黄昏的也各有讲究，毫不乱来。仿佛鸟们私下议定了秩序，划分了时间段似的。

她还说有一公一母两只鸟——实在想不通她是怎么辨别公母的——每天下午四点都要来那么一阵子，而且总是只有它们两只一起来。公的叨到食了，就赶紧去喂母的，等母的吃饱了，自己才吃一点。吃完了互相叫唤一阵便双双飞去。她每天都在等那两只鸟。

我整天啥活不干瞪大了眼睛也没那个本事发现这种事情。鸟儿们真的都长得差不多啊。

又想起一件事，在内地上学时，有一次我们在校园里散步，走进花园里覆盖着葡萄藤的长廊时，她在绿荫碧盖间停住，惊异地叫出声：

"看！那么多鸟！"

"哪儿？哪儿？"我东张西望。

"那！那——就是那——"

顺着她指的方向看去，鸟影子也没有一只，干脆拉上她走："鸟有什么好看的！"

"不是，那鸟很奇特……"她沉默了，站那不走，看出了神。我只好跟着徒劳无功地努力往那边瞅："怎么样奇特啊？"

"特小……顶多只有手指头肚儿那么大点……到处都是……五只，六只……十一、十二……天哪，居然有那么多！不留神还看不出来……"

"哪儿呢？哪儿呢？"

"……你看，到处都是，恐怕上百只不止……静静地，全都不吭声……看——飞起一只……"

我还是什么也看不到，瞎着急。她指向的地方是一排低矮的红砖花墙，隔着花墙有一大蓬乱糟糟的冬青，没人修剪，旁边是一个喷泉。

"……真是鸟的天堂……"

我放弃。静静地听她的描述，好像真的看到了一样……那么多袖珍的鸟儿，静静地栖在枝梢，一动不动，目光沉静……我渴望它们一下子全飞起来，一下子闹翻天，让我能一下子看见。可是，那里真的始终只是一篷平凡的冬青。最后我只好装作看到了的样子，拉着妈妈离开了。后来，她经常一个人去看那些鸟，有时还带别人去看。所有人都声称看到了，只有我，在那个地方生活了三年还是连鸟毛都没看到一根。我只好相信那个世界的门只能被我妈妈的眼睛打开。

那么"花脸雀"呢？开始我妈也不知道何为"花脸雀"。后来我外婆指了一回给她看，她就知道了。可我外婆给我指了一百回我都搞不清。疑心她年纪大了，指得不准。而且鸟那么多，那么杂，一会儿就把眼晃花了，刚刚认下就飞了。这只看着像，那只看着也像，过一会儿又全不像。再过一会便懒得理它们了，跑去干别的事情。——真是的，认下一只鸟儿对我有什么用呢？它会从此属于我吗？

外婆有三十年的时光在稠密浓黏的鸟叫声中度过，是不是鸟已经用翅膀载走了她生命中的一部分？她整天坐在沼泽边的一根倒木上，笑眯眯地看着啄食的鸟儿们，好像在看她养的一群小鸡。

外婆多么寂寞。我们之间遥远陌生的七十年的人生距离让这种寂寞更为孤独，令旁人也不可忍受。她生命中的鸟永远不会飞进我的生命，哪怕只有一只。毕竟有七十年我们没有在一起。

还有我妈，她是否真的就知道外婆所说的"花脸雀"？如果她也认错了，这个误会将永远存在于剩下的时间里吧？并且再没有任何机会与必要来进行澄清。尤其是她们永远也不会意识到这个了，亲情只因表面上的沟通而浓郁吗？哪怕是一家人，之间仍隔有无边的距离。

那么我和我妈之间呢？我们之间的那些鸟儿，到底有没有？

我们祖孙三人共同生活在沙依横布拉克牧场这片沼泽上的一个小帐篷里。却只因一只鸟儿，彼此分离得那么远。

不过现在我知道了，所谓"花脸雀"，就是外婆家乡的画眉子鸟。但知道了这个又有什么用呢——我还是不知道那个"画眉子"具体长什么样。

富蕴县的树

砍树的场面比种树还要壮观。振奋人心的吆喝号子,浪潮似的一阵阵尖叫,欢呼、笑骂、惊叹……连住在两条街外的我都听到了。而一棵树倒下时挟风裹雷的巨大轰鸣,则传得更远。

我跑出去看,只见一棵长在街道西面第二个十字路口的三层楼高的大树上端系了一根钢丝缆绳,长长地横贯整个街面。另一端被二十来个人列队持握,做着拔河的姿势。更多的人挤在安全位置观望,一副弦上之箭一令即发的架势。有些人还展开两臂挡住旁边和后面的人,为自己开拓优势。这情景有点像我们小时候八百米跑的起跑准备。

我还没怎么看明白,那边伐树的电锯声是越来越狂了,接下来又一阵狂风骤雨似的群呼,那树便浑身颤抖着,慢慢向街道倾斜——是慢慢倒下的!我看得很清楚,这种"倒"不像是别的什么倒一样,说倒就倒;这种"倒",缓慢得极不情愿,像一个临终者的弥留之际那样漫长迟疑,令人不安……这种"倒",比生长还要艰难。好像空气中有很多东西在对它进行挽留,而它也正在经历重重的障碍才倒向大地。慢得,慢得……慢得令人肝胆俱裂!

我愣在那儿,还没回过神,身边早就听命待发的那群人便一拥而上,差点把我带倒。他们冲上去,抢到哪根就扛哪根,能拽掉什么就拽什么,还有的正抡圆了斧头把树干一截一截断开。每一个人都有收获,每个人推去的拉车都满载而归。我目瞪口呆。一棵生长了几十年的参天大树就这样在几分钟之内被瓦解得干干净净。满地的木屑和刚萌发出黏糊糊的碎芽的碎枝子也给扫起来统统装走。我在地上拾起一枚长着翅子的种子,小时候我和邻居家的弟弟经常用它玩一种名叫"打官司"的游戏。

上午经过那里时,十字路口靠北面那条街的西面一排刚刚砍到一半。下午再去,整条街两面的树都没了。第二天又砍光一条街,向我们这条街逼近。是不是所有城市的街道都是这样改造拓宽的?

我第一次到富蕴县的时候,坐了两天班车,在尘飞土扬的戈壁滩上颠得昏头转向,灰头土脸。后来车爬上一个达坂,一拐弯,蔚蓝色的额尔齐斯河从眼前横亘而过。满车的人惊呼起来。一位白胡子的哈萨克老人说:"噢!绿绿的富蕴县到了!"

那时,我以为我来到了一个森林。

那时候,富蕴县也有一些街道和许多房子,但都被树林藏得紧紧的。从高处的达坂往下看,顶多能发现一两个锅炉房的大烟囱。我们家对面的政府大院更是一座葱茏的林园,里面还流着一条小河。河两岸的灌木高过人头,密得挤都挤不进去。河面也被林木遮蔽得严严的,我和邻居弟弟在林子里打闹玩耍时扎进一个草堆,就糊里糊涂掉进了河里。河水清得啊!而县政府的办公室像童话中的小屋一样半隐半现在绿荫之中。我们估计在政府里上班的人还没有政府大院里的啄木鸟多。

那时候,每条马路的左右两侧的林带都是双排的,之间夹着一条清澈的水渠。最早县里的自来水不稳定的时候,我们曾直接饮用过渠里的水。马路两边林荫道上方的树梢在高处交织在一起,伞一样盖住整条马路。起风时,会有碎碎的蓝天晃在头顶。满街浓郁的树脂和花絮的气息。

一九九一年我离开的时候,所有的树都还好好的。一九九五年回来时,路边的双排树成了单排,水渠里的水何止不能饮用，甚至不能用来洗衣服。进城一路上的树全没了，只稀稀拉拉站了几棵死眉烂眼的小松树，跟盆景似的。等到一九九八年再回来，在达坂上看到的额尔齐斯河已由蔚蓝变成了灰绿。森林没了，骷髅架子似的新楼突兀地一座座立了起来，清一色全是白的。原先满城的红砖房消失得干干净净。城市建设的进程夜以继日。每进一次城，明明又修盖了许多建筑，却仍感觉又空了一片。走在空荡宽阔的大街上，浑身不自在，好像自己最隐秘的部分正在被曝光，却连个躲的地方都找不到。

县政府最近又拓建了一片广场，盖了几幢大楼。原先那片林子早没了，只剩最后的两棵大树一左一右站在政府大门口。不过那是上个月的事，不知现在还在不在。那条河呢，也被预制板封死了，作为下水道在黑暗中流淌着垃圾和剩饭残羹。我们透过大院的铁栅栏看进去，庄严整齐的办公楼前的广场上贴着方方正正的两大块草坪。听说是进口的，一平米很贵。

落叶的街道

我一个人穿过这条寂静的街道,走着走着,跑了起来。妈妈!你总会记得,童年的我常常这样奔跑着穿过林荫道回家,大声地喊着你,拍打着门。妈妈,你总会在开门时,朝我身后看一眼——

妈妈,街道上没有一个人。

那时候,整条街只住着我们一家人。街对面是政府机关,东面是工厂。但我们看到的全是围墙和窗户,黑乎乎的,常年不曾擦拭,不曾开启过的窗户。没有人。沥青街道漆黑干净,人行道平坦寂静。街道和人行道之间是高大浓密的杨树和柳树,渠水淙淙。没有人。放学我和同学们在街口分手后,独自踏上这条清凉阴密的街道。走着走着突然跑了起来……有时候慌得连书包和画板都甩了不要了,没命地逃回家,上气不接下气。好半天才缓过来,这才跑回去捡书包。

妈妈，那时候我一定发现了什么。我一个人穿过那街道，看到树叶纷纷扬扬地坠落，人行道上铺了厚厚一层，从来没有人打扫过。后来街道上也铺了厚厚一层。妈妈，那时候我想，这条街可能被彻底抛弃了。我想到全世界都在欺骗我们一家人。可能所有人都离开了富蕴县，离开了新疆，全走掉了，后来他们又离开了地球。为了一件不能让我们俩知道的事情。就在我和同学分手后的那几分钟之内，走得一个不剩。好像全世界事先约好了，预谋准备了一万年似的，只有我们一家人什么也不知道……说不定只有我什么也不知道。说不定你也走了，妈妈。说不定这道路尽头的我们的家也是空的。说不定全世界就剩了我一人……并给我错觉，让我认为其实从来就只有我一人……好像曾经热闹过的种种情景全是我一人睡着时的梦境……妈妈……

我狂奔着跑在童年里，却怎么也穿不过那条街道。落叶无边飞舞，是我一生中见过最奇异的景象。那落叶并不是南方的春天里才会有的那种。南方的落叶，虽然也是金黄的、灿烂的，但那种金黄灿烂是经历了生命的完全燃烧后的遗容，它们是枯叶。它们煎熬忍耐过整个冬天，在黄梅雨季的泥泞中被踩躏碾轧。而这些叶子不是，它们分明是娇嫩滋润的，它们是有分量、有生命的。它们飘落的时候似乎还在生长。拾一枚在手中，仍感觉到水分在指间流动，顺着叶脉的河床向四面八方奔淌。把它从中间撕开，似乎能感觉到它因疼痛而颤栗。用指甲在上面掐出一道道弯月的痕迹，指尖便触到了血液才有的潮湿。这落叶厚实而有弹性，是一块多么健康的肌肤！我把它揉碎，来回使劲揉搓，于是满手的残渍郁气，呻吟声四下传来。我拔腿就跑！……无论在什么地方，我都不曾感觉到在那条无人街道上所感觉到的那么多的注视！四处充满了眼睛，众目睽睽之下，我失声痛哭！街上没有一个人，没有一个人同我站在一起，无畏地迎上那些目光……妈妈，当我抹着眼泪跑回家，我想到这世界的生命可能要被另外的生命形式所代替了，而我将成为仅存的一个。在这些永远无法沟通，永远不能共同生活的生命形式中间，被孤立，被无所忌惮地剖析心灵，以及心灵深处的所有爱情、愿望、悲伤和最重要的一个秘密。被制作成标本，像墓碑一样去纪念一场梦境……妈妈，假如这世上只剩我一人，会不会就像我一人独自从这世上突然离开一样；就像我一个人从一个地方去向另一个地方；就像我一个人独自承受全世界的安静，并且一个人，独自为全世界伤心。

妈妈……

那条落叶的街道，似乎飘落的全是我身上的叶子，似乎要把我完全暴露出来，又似乎要把我掩埋。那么多鲜艳的、娇嫩的叶子，刚刚从青涩羞怯的绿色中褪出灿烂的笑容，便纷纷从高处跳下，向我扑来……妈妈，你看满天都是啊，满地都是啊！整条街像是在挽留我前进，一只又一只的手在面前摇摆，在身后扯拽，在脚下一次次地把我绊倒……妈妈，我日日夜夜穿过这街道向家中跑去，推开门，看到你立在房屋中央，微笑着，也在飘落……

妈妈，那条落叶的街道，就这样从我童年中穿过，却不知通向的是未来生活的哪一处角落，哪一个日子。我走在这条街上，像是在永远地，不停地离开。我跑跑停停，走着看着，扔掉书包，扔掉游戏，扔掉口袋里的零食。最后扔掉鲜艳的外套，扔掉胆怯的抽泣——像一棵树，大把大把地扔着叶子，我大把大把扔着童年。妈妈，童年的一切就这样飘落。街道的尽头，指向的是什么的尽头？

妈妈，你总会记得，有一次我在街道上跑着跑着，突然停了下来。像撞上什么了似的，又像刚刚和谁擦肩而过，回头久久地张望……那一天我没有回家。你去找我，看到我在落叶间，展开手臂，正在飘落。

房子破了

我对那人说我家房子破了,他说:"哦。"我告诉他是怎么破的,他说:"是吗。"我向他形容破的程度,他说:"我的天。"

然后我们道别。我转身去找到一家小旅店开房间。服务员给我打开房间,然后带上门出去。我在床上坐了一会儿,最后终于忍不住流下眼泪,一头扑在床上痛哭——

妈妈啊……房子破了……

……我们在那片美丽的沼泽上有那么多美好的愿望,于是我们在那里搭起了一座房子,一个塑料小棚,把属于我们的东西一一放了进去,摆得整整齐齐。人们远远地出现在草地尽头,在大大小小的白的灰的圆毡房间中,他们第一眼总是会最先看到我们用五彩条纹的鲜艳的塑料篷布包裹着的家,强烈地感受我们喜悦的心情。白天,清晨五六点天就大亮了,我们赖在热被窝里,倾听森林和河流浓重的呼吸，以及外面空地上过夜的几头牛的呼吸，它们与我们的床仅隔一层薄薄的塑料布。整个白天，棚子四周的塑料篷布全掀起来，使我们的房子看去更像是个亭子。我们冲着山野敞开了，更像是山野对我们敞开了。四面屋檐很矮，站在那儿一抬头，大片大片的绿便挤挤攘攘拥到了眼前。天蓝得呀！而不等太阳落山，我们便早早放下四面篷布，用石头小心压好，然后钻进被窝看书。凌晨时分，天才彻底昏暗。半明半暗的顶棚上空浮着一团橙色的梦幻般的云雾，那是月亮。妈妈，就这样，我们在我们爱着的地方有了个家。一面是森林，一面是群山；屋前屋后河水淙淙淌过；牛羊、马群、驼队从远方前来，经过这里，然后远去。这美丽的牧场啊，谁日日夜夜地惦记着我们，捧我们在手心里，不时地亲吻。这群山，这森林！枕头般地诱人，摇篮般地温柔。

妈妈，那一天，我们从梦中醒来，或者是刚刚从群山深处跋涉归来，听到北面的毡房那边叶肯别克在弹奏着由电池带动的电子琴。那是一曲异常平静优美的旋律，令人不由得想起爱情。女孩子阿依邓和着这旋律唱起歌来。我们站在那里听了一会儿，有人为我们低声翻译歌词大意。后来我们回到自己的家里，看到支撑棚子的几根柱子中最主要的那一根，不知在什么时候，已经悄悄倾斜了。

妈妈，那一天我们从梦中醒来，想着那首曲子的平静与优美的背后的内容。它诉说的是毡房顶上的天窗，那个圆形的洞口。就是那个洞，歌词说：当我小的时候，从那里看到天空，也看到鹰从那里经过，我想要出去；长大后，我渐渐忘记了那个出口；而当我老时，房子拆散倒塌，我又看到了它……妈妈，那一天，我们想着这首歌，蜷缩在帐篷里的被窝里，听着外面无边无际的风雨声。塑料篷布剧烈抖动，哗啦啦作响，帐篷里泥泞的地面上满是大大小小的水坑。容易受潮的纸箱都搬到了床上和柜台上、货架上。但衣物被褥还是湿了，商品湿了，食物湿了。金属制品遭腐蚀，将要锈去，木器被泡得变形，将要朽烂……十个钟头过去，二十个钟头过去，两天过去，三天过去，半个月过去。雨停了。

那么，房子究竟是从什么时候开始破的呢？是不是当我们在这片沼泽地上打下第一个桩子的时候；是不是在那些风和日丽的日子里，当欢乐和喜悦满室辉映的时候；是不是叶肯别克的那些歌，在那些黄昏，那些清晨，一声一声，一句一句，走进我们心灵的时候……

是不是，在我们固执地想要把梦想当作生活的时候。

妈妈，那一天，我们醒来又沉沉睡去。我们的房子已经不负重荷，在风雨中颤抖，房顶篷布的裂缝像是面对整个世界哭泣着的嘴唇。妈妈,我们亲手搭建了这个房子,却又离它那么遥远。我们在房子里上上下下拉满了挡雨接水用的塑料布和床单;顶棚铺着大大小小的撕开的塑料袋子,压着泥块和粗壮的树干,绷着铁丝;房子四周系着各种各样的绳子,吊着石头,以便扯住容易被风掀开的篷布;到处是补丁,满地是接水用的瓶瓶罐罐……我们用双手,用十指,用两肩和脊梁支撑这个棚子,又好像在支撑我们遍布裂隙的梦想。妈妈,你看,我们生活的地方,是这房子无力庇护、鞭长莫及的地方啊。我们拥抱这房子,拥住的却是彼此。

可是我们的一生,多么漫长!

为什么没有那样一个房子,能够贯穿于我们漫长的一生,像一个真正的家那样,像合拢的双手,呵护我们裸露在尘土中的那颗心……妈妈,妈妈,甚至没有那样的一把伞,隔阻风雨于生活之外。

也许有一天,我们也会像我们的朋友叶肯别克那样,反复弹奏着那首与天窗有关的歌,游荡在浩荡无边的山野荒岭。而河边的沼泽却还是那么美丽迷人,森林和群山依然沉默不语,每一个黄昏,还是那样辉煌而漫长。房子破了,而我们仍然没有离开,我们仍爱着这里,原因还是那么虚弱、单薄。这美丽的沼泽上还是有我们那么多美好的梦想。房子破了，可我们仍然要生活下去，在旅途中那些陌生的旅店里，在别的一些更为遥远的不可想象之处，在艰难和痛苦中，在孤独中，在别离的时候，在衰老的日子里……妈妈，我们互相安慰：永远也不要放弃生活。妈妈，你看，房子破了，塌了，被毁去了——

而我们还在这里。

荒野花园

像无数次黄昏时分的散步一样,我们沿着河岸往上游走。但这一次走得最远,去到了一些从前没有去过的地方。天空晴朗,今夜会暗得很晚,还会有明亮的圆月,使夜晚比白天更为奇异地清晰、动人。

在白天,天地之间充斥的是空气。而到了夜晚,尤其是晴朗的、有明月的夜晚,天地之间灌注的则是清澈的液体。

白天光明万里,万物在强烈日光的照耀下被刺激得鲜艳夺目,尽情呈现自己的极致之处,而深藏了细节。但是在白天里,光明万里的同时也会出现同样份量的巨大深暗的阴影。因此白天不可信,比起夜晚,它隐瞒得更深一些,它不可知处也许更多一些。尽管在白天,我们所能看到的情景永远比在夜里看到的更为庞杂。但这些更为庞杂的,很轻易就构成了迷宫,让我们在对世界的理解中迷失。

　　夜里——简洁、干净。纷嘈退去，世界发出自己的光。那种光的明亮，不是明亮的"明亮"，而是透明的、透彻的"明亮"……万物水落石出，静而恒久。视野中没有远和近——因为远和近的地方，看起来都是一样清楚的。也没有明和暗，只有一些深深浅浅的色彩，在月光下真实地铺展到视野尽头。

　　再想想阳光和月光的区别吧：阳光被万物反射，而月光是在被万物吸吮的。

　　而我们也在吸吮月光。我们身体轻盈，心灵洞阔，在河边深深的草地上慢慢地晃啊、走啊。太阳已经完全落山了，时间还很早，世界仍是白天。一轮薄薄的圆月浮在森林上空，仿佛一朵安静的圆形云。而其他的云都是激动的、狂热的，白得像火——当白色白到极致时，真的就是火的颜色。太阳在山头另一边从下至上斜着照射它们，它们的高度使它们所经历的白天比我们的白天更为漫长。它们高悬在空中，发着光，那样的光绝不是一团气雾就能发出的，那应是固体才能发出的光。

　　越往前走越开阔。河水渐渐收为一束，在深深的河床里急速奔淌。河两岸是深而浓绿的草，像刘海一样披下去，整齐温驯地垂在水面上。不远处的山尖铺积着皑皑白雪。

又走了一会儿，沼泽多了起来，我们商量着过河。河对岸地势要高一些，看起来似乎更干燥坦阔一些。于是我们沿河又走了一会儿，寻了一处河面宽一些，但是水流相对浅缓了许多的地方，挽起裤脚，手牵着手下水。河水冰凉，使人尖叫。我们在激流中东倒西歪地过去，一上岸就用袜子用力搓腿、搓脚。然后光脚套上鞋子，继续往上游走。

悄悄地，天上狂热的云彩们，随着明亮空气的渐渐沉静，而渐渐温柔了起来。一朵一朵地叹息，一朵一朵从原先耀目的白色里渗出绯红、橘色和金黄来。而且越来越娇艳妩媚，在东边的天上寂寞地荡漾。

我们这才开始往回走。森林上空那一轮薄云一般的圆月，在沉静明净的天空中，也渐渐把视线的焦距拉回大地（原先它的目光穿越了大地投向无限遥远的地方……）。若再晚一会儿，这月亮就会成了金黄色的，最后呈现的是橘红的、蜜一样的色泽。那时，天空才开始渐渐沉暗。而当天空完全暗下来时，月亮又会一团银白，圆满又完美。

而那时，月亮下的事物，与这月亮相比，每一根线条都是那么的仓促、惊慌。零乱地堆着，横七竖八摆放着。似乎这个世界刚刚被洗劫过，精魄已被掠去，使其神情恍惚迟疑。而月亮临驾这一切,它就是这个世界的精魄,是刚刚被揉炼出来的那一个。此时它仍在继续吮吸,越来越明亮,越来越明亮。

……一个在夜里久久地抬头仰望明月的人,会被带到世界上最孤独冷清的角落,被尽情地吮吸。最后只剩神情寂寞的躯壳,独自回家……

我们失魂落魄地回家,围着马灯坐了一会儿,各自上床睡觉了。

我也睡下了。但在梦中,却仍在河边继续往前走,逆水而上。

像离开了地面在走,却没有走到天上去。像是在尽情奔跑,却没有离开河边半步。后来,远远地,终于看到了荒野花园,便一头扑到地上痛哭。抬起头来时,发现自己正趴在高山的顶上,正俯在悬崖边向下望……

在梦里,我都在这样想:荒野花园里的花,是真正的夏天里的花。它们散发出来的光和热气,只游荡在它们的上空,而不涉四周的黑夜和寒冷……我一直向它走去,在梦里走过一年又一年。

在我们生活的那片牧场的东北面,越走地势越开阔。

两条河在那里汇合，三面巨大舒缓的斜坡从高山上倾覆下来，拖出三幕宽广深厚的碧绿草滩。河在草滩深处暗暗地流。草滩尽头半山腰以上的地方就是浩荡的蓝绿色森林，覆盖了整个山顶。

河边零星地扎着黄色和白色的碎花。在这里，虞美人和野芍药那样的大花朵不是太多，却总会幽灵一样在深茂的草丛中突然出现一两株。虞美人有着橘红色或艳黄色的花冠和纤细优雅的长茎，而野芍药枝叶稠密，花朵艳红夺目。

而那些成千上万的小碎花们，花瓣细小，形状简单，也没有什么香气，只有一股子薄薄的浅绿色气息。它们不像是花，更像是颜色不同的植物叶片。花不应该是这样自甘寻常的。花是耀眼的，傲气的，有着美梦的呀……

再往上游走，从山谷口拐向东面，没几步就又进入一个更为开阔的谷地。河流深深地嵌在草场中，满山谷荡漾着美好的淡紫的颜色与淡紫的香气——薰衣草，那是薰衣草的海洋。那香气淡淡地，均匀平稳地上升，一直抵达高处的森林线的位置才停止，并停在那个高度上徘徊、迂回……我这是沉没在香气的海洋之中，在这海洋的海底，一切安静又清晰。有巨大的浮力要让我上升，上升……脚步轻飘飘地掠过草尖，天空清凉。

在这海洋深处，深一脚浅一脚地继续往上游行走。不久那香气的浮力渐渐小了，紫色的氛围越来越淡薄，地势越来越高，草滩也渐渐干燥起来。而裤脚早已在之前的跋涉中湿透了好长一截。我把湿了的裤脚挽起来，在阳光下站了一会儿。扭头往北面看。荒野花园就坐落在山谷拐弯处下方的草地上。

……记得第一次去到那里，那天的情景与无数次黄昏中的散步的情景一样，我们沿着河岸往上游走。但那一次走得最远，去到了一些从前从没有去过的地方。天空很晴朗，夜暗得很晚，而且有明亮的圆月……我无数次地诉说这样的黄昏，永远没有尽头。似乎这"永远没有尽头"，正缘于此刻这种生活的没有尽头……

我无数次地说——在那样的时候，虽然天地间还是明亮清澈的，但已经没有什么发光的事物了。在白天里，在太阳的笔直照耀下，河流在发光，河流里迅疾移动的鱼儿在发光，银白的雪峰之巅在发光，从身边某处隐秘角落乍然蹿起的百灵鸟——它瞬间明亮的眼睛也在发光……天空在发光，云的边缘在发光，风吹过草滩，草丛乱晃，草叶的正面反面斑驳闪耀，也在发光……

但是，傍晚会泯灭一切的光。世界安静透彻，历历在目。我们走到河流大拐弯的地方，顺河的流向从东面插进另一个峡谷……最后，我们安静地回家，难过地入睡。

我的荒野花园，其实是在梦中吧……无数个漫长的白天和无数个更为漫长的深夜里，它深深地静止在那里。后来，繁花渐渐地漫过铁丝网，从花园里向河边的草地上铺展开去。在绿色、蓝色、白色的清明透亮的天地间，在这个永远简洁平和的世界里，它们狂乱、惊喜、满携美梦、浓重地呼吸，并且深感孤独。

而在真实的生活中，我离它们多遥远啊……我天天在这四野之中转来转去。这一带有十来个毡房，十多户牧人，羊群去向了更深的深山牧场，留下的全是牛和骆驼。其中似乎小牛最多，它们总是一群一群走在一起，身子小，眼睛大。吃饱了就睡觉晒太阳，齐刷刷躺倒一大片，而且都是头冲着同一个方向躺的。我经过它们走向青草坡的高处，坐在风口的一块大石头上，散开了头发慢慢地梳。

人能长出头发来实在是太不可思议了！除我以外，这四处全是简洁清晰的线条，只有我无可名状——我居然有那么多的头发！而且，皮肤是浅色的，从里面生出来的头发怎么会那么黑呢？再而且，从肉里生出来的东西，为什么竟没有知觉，没有血液和温度呢？整个世界里，我是最最奇怪的一个。我有那么多的想法，但却只能自己忍受着，什么也说不出来，并且无论怎样都不能使周围的一切明白。我冲着不远处那群整整齐齐地躺倒一片的小牛喊了一声，可是它们不知道我喊的是它们。我又捡了块石头扔过去，它们这才有些反应，整齐地向我看过来，整齐地起身，整齐地挪了几步，又整齐地重新躺倒，头朝着同一个方向。

只好离开。没有边际地走着，不知不觉又走向了荒野花园，站在高处看了它好一会儿。我能不难过吗？

其实那并不是什么花园，只是夏牧场上的一处草料培植实验基地而已。然而，却是这山野之中唯一一处大规模人为的痕迹。想想看，在很久很久以前，有一个人在春天来到这里，栽起木桩，牵起铁丝网，撒下一大片种子。然后就走了，然后就迷路了。从此再也找不到这里了，再也回不来了……后来我来了，却不敢靠近，总是远远地遥望着深浓的绿草地上那一大团浓艳黏稠的色彩。它孤独而拒绝平凡。我站在远处看，总是看着看着，天色就暗下来了。世界的运转全然不顾及所有细微之物吗？哪怕这些细微之物如此美好，如此不甘心被遗落。

而我还是在不停地说白天，不停地说黑夜。有时也停止心里的声音，安静地去感觉"我"之外的事物。然后又说太阳，说月亮，说一切不可说清的事情。说风，说云，说森林进入夜色，说星空在抬头时十多米高的上空闪耀着……说着说着又想安静下来再默默流泪，心中的花园不停抽枝萌叶……我忍抑一种美好，领略另一种美好，深深隐藏着自己心中那些更为刻意一些的，更精心更富于美梦又更无希望的……我还是不曾进入眼下的这个世界，我还是突兀地只知梦想的一个。

而白天和夜晚，一面忽略着我，一面又只对我一人展示着它们各自的巨大不同。在荒野花园之外，群山浩荡，大地辽远。我走过去，靠着花园边缘牵着铁丝网的木头桩子，坐在草地上，抬头看到天空无限高远。山野寂静，突然听不到鸟鸣和河流的声音了。

魂断姑娘崖

……珂斯古丽悬崖勒马,回头惨然望向巍巍群山。野风正浩荡,黄昏恰似血。而追兵将至,从山下三面包抄上来。姑娘视若无睹,抚摸自己华丽的婚装,又摘下饰以鸥䴖羽毛和珠玉金银的尖帽,扬手弃下,俯视万丈崖底,江水滔滔。她摊开双手,却没有祈祷,只是一字一字念出另一个人的名字,然后仰脸向天,挥手甩出一鞭,烈马恸然嘶鸣!……

车过桥头,在石头路上行进了十多公里。在颠簸得简直是跳跃前进的汽车中,我突然感觉到整个世界塌了下来,将汽车挤迫,使其扭曲变形。而窗外风景变幻闪烁,又稳然如铁。空气也固态化。我知道我马上将要看到什么了。汽车一拐弯,滔滔河水猛地涌上来。我仰天"啊——"出声来!一道笔直如刀削的万仞绝壁从高远的苍穹砸下,将我身体的一部分劈开，并将其填入其临水的深渊，溅起巨浪……

……啊……啊……可是，我心中还有什么仍欲罢不能？仍在那里扯着揪着自己胸口的衣襟，顿足长号，并深深弯下腰去，痛哭流涕！又是什么，先我去向那悬崖之巅，俯视这片大地，并向下——朝下方的我伸过手来。我大惊，想冲出车去，想直奔崖下伸手接住，可汽车又猛地颠簸起来。眼前的景物全散了，跌跌撞撞退去。我转身趴在汽车后窗上张望，还没来得及看见什么，汽车又拐了个弯，一切瞬间即逝……

"……姑娘不愿意嫁给贵族老爷，于是她的父母派人杀害了她的情人……"

——那人依然以平静的声音继续他的故事。那个我不知道听过多少遍的故事，很普通的情节，在全世界会有成千上万种类似版本。它生机盎然地存在于这山野之中，更多的似乎是为了陪衬眼下这处人间奇观。如果悬崖不复存在的话，它也就不过是一块风干的羊腿，给系在流水之中，不到几个月便给冲成一堆白而无香无味的泡沫状腐肉，唯剩躯壳，不见灵气……但这崖的确是存在的。它笔直冲天、鬼斧削就。像叹号，悲叹在这阿尔泰山脉的林秀水明之处,摇撼着一代又一代转场迁徙时从这里路过的牧人们心中最为敏感之处。又有多少激动的男女经过时,忍不住驻足举头仰望,回想起自己或甜蜜或悲哀的种种遭遇。你看,生活可以从群山和苍穹中淡化,深远且平凡,无波无痕。但爱情能吗?爱情若非以此为象征,则不能抚慰人间颤抖喧哗、大悲大喜的那些心灵。爱情是陡立于生活中的那一处绝境,是人们无法熄灭的激情。它高昂、峭丽,它不肯妥协,它高傲忠贞。它是誓言,是坚守,是以此为证——爱情指向姑娘崖,姑娘崖千万年不变地屹立在那里给世人看。那是多少心灵诞生勇气的地方啊!

于是经过崖底的男男女女们祈祷完毕,起身满怀爱情与希望离去,心中一片安然。他们沿此路,散向群山深处每一条山谷。迁毡房、晾奶酪、绣花毡,满山遍野地放羊,一代又一代地流传一个故事……

"……后来这个地方就叫作'姑娘崖'。现在上面还立着一块石头,就是那死去的姑娘的灵魂化成。"

我突然问道:"那姑娘是不是名叫'珂斯古丽'?她死去的那天可是一个如血黄昏?"

——可他们谁也没听见……司机正挂了一挡爬达坂,汽车引擎轰鸣不已。而我还在晕车,有气无力倒在后座上,我这两句话顶多被他们当作难受时的呻吟。我手指紧抠着铺在座位上的毡毯，牙关紧咬，头痛欲裂。恨不得用两根五寸针从太阳穴两边狠狠砸入，钉个通穿，让淤积在脑子里因无处可涌而愈发黏稠的血浆蓦地迸射出来，让我沉重的头颅减缓片刻（哪怕是死亡前的片刻）淤滞！让我在那里多长出一双眼睛，多生出两根喉管，替我苟延残喘。姑娘崖那个传说中没人知道的最后一部分将我越缠越紧，我几乎透不过气来！我觉得我快晕过去了，我想吐。胃里一片翻江倒海。我喊了出来，并哭出了声。车慢慢停了下来。我拉开车门扑出去，一头跌倒在地上，粗糙的碎石硌着脸颊，疼痛却来自遥远的地方。大地像一片海洋托浮着我，我想就这样睡去……但是有人从后面把我扶起来，我抬起头，发现我们已经来到达坂最高处，群山在脚下起伏。突然，在远处的天底下，群峰诸岭之间惊起一枚叹号！隐约出现在姑娘崖上，似乎有什么正在跌落……

"……这个姑娘誓死不从，新婚之夜策马逃走……"

思绪的针尖在混沌的意识中有一下没一下地戳着，时不时闪耀着锐利的光芒。我躺回车上，软软地抵靠车窗，继续在群山的浪潮中颠簸起伏。我想，我已经替谁从崖头跳下去了吧？……或者我来到了崖头，欲要往前再一步，却看见崖头上有人遗落了一顶镶饰着金玉珠宝的年代久远的尖顶花帽……我沉沉睡去,梦见可爱的小努尔楠在给我讲这个故事,然后新婚的古丽孜亚在给我讲这个故事,弹电子琴的那个我所爱慕的年轻人也在给我讲,白发苍苍、年逾九十的老人也在讲。但所有的人都对我隐瞒了故事最后的细节。我流着泪把它说出,然后醒了。

车不知什么时候停在河边的一片草地上,有人推醒我,唤我下车休息,吃点东西继续上路。他年轻的眼睛分明是我刚才在梦中所见的那一双。我弯腰走进路边的一顶毡房,众人围坐花毡,女主人笑道:"姑娘,快过来!"

而席间,另一位客人的故事正在进行:"从前,有一个年轻富有的姑娘,爱上家中的奴隶……"

挑 水

冬天我出去挑水，若十五分钟之内还不回家，我妈就开始不安了。二十分钟不回家，我妈就会跑到家门口翘首张望。若半个小时过去了还不回的话，她肯定会撂下商店不管跑到井边找我。

让人惭愧的是我从未出过什么意外。唯有一次，开井盖时把指头粘到冰冻的铁锁上去了。不过吐了唾沫很快就拔了下来。不像有些人，倒霉得非要拽下来一层皮不可。

我妈来找我，多半会在半路上遇见我。后者正三步一小歇五步一大歇地磨蹭在寒冷的归途之中。有时在跺脚，有时在用手拼命搓耳朵。

因此我比较喜欢夏天。但是除了我以外，很多人也喜欢夏天。冬天太冷，出不了门。夏天大家就纷纷跑到马路上站着，一整天闲着没事干也不回家。每当我挑着水从他们中间经过……觉得还是冬天好……我的背弓到相当滑稽的程度，双手害怕似的紧紧抱着前面那截扁担，桶不是这边高了就是那边高了，脚步踉跄不稳……偏我又穿着全村最漂亮的裙子和凉鞋……

那一阵子我疯了一样地想走，想离开。水缸一见底就满心地绝望。我想我可能会在喀吾图挑一辈子水。每当我踉踉跄跄走在路上，水波一荡一荡地洒出去，便想到还有什么同时也在白白地流逝，渗进大地，覆水难收……后来我就真的走了。我去的地方有自来水和下水道，龙头一拧开，直接把手和器具伸进去就可以使用。在城市里，我整天生活在水的流逝之中，又好像生活在一条河流之上，动荡不定。水从上面来，从下面消失。其他更庞大更复杂的来龙去脉浩荡行进在我所不知的地方。我感觉到了被孤立和被放弃，感觉到孤独带来的空虚。我使用着这水，少了使用前和使用后的两段长长的程序（挑水和倒脏水），总觉得使用的水不是水。它那么轻而易举就让人得到了，让人心虚，并且不安。不知自己到底付出了什么才得以享受这样的生活。好像已落入了某个圈套之中，它先给你点小恩小惠，让你小打小闹，且小赌小赢着点，真正要你被迫出卖什么东西的时候还在后面。那时，新债老债一起算。

就这样胡思乱想地使用着水，我的劳动却在另一处沉默，在另一处付出。我忙得没有时间用水，整天脏兮兮地过日子。一有时间洗漱，非得狠狠地用它几大盆水不可。一起打工的男孩说，小李的洗脸水，第一盆用来清洗，第二盆用来漂洗。搞得好像脸已经脏成抹布似的。

是啊，什么都方便了，包括受用，也包括加倍的付出。当我一盆又一盆地把水往下水道泼时，总会心疼地想到，此时泼出去的正是妈妈挑来的水。再想起在冬天，井边的冰那么厚那么滑，井盖那么重，深而黑的水面冒着雾气。路那么远，她一个人挑着水来去……这时，谁会从家里走出来，远远迎上去并把桶接过来呢？还有，我这么久不回家，她在家里又该如何着急呢？

像针尖

我们真厉害，一个冬天吃掉了五百公斤大白菜，还有数不清的土豆和粉条，另外每天还消灭一公斤豆腐。

我们一共十来个人吃饭，其中干活的只有五六个。别小看这五六个，吃起饭来足足顶掉另外一半人的两倍。老板常哀叹："僧多粥少。"我看还是用"狼多肉少"这个词更合适些。

那一整个冬天，我的胃口极不像话地奇好。看到什么都想吃，怎么吃也吃不饱，就算吃饱了，吃的欲望还是不肯稍减。有时候半夜醒来都会忍不住溜到厨房偷馒头吃。哪怕是放了两三天的又硬又冷的馒头，一个人捂在被窝里照样嚼得喷香。饿得也很快，往往还没等到下顿饭就已饿得心发慌，等捱到吃饭时间更是早已头昏眼花，天旋地转。

那段时间我们极忙。其中有整整一个月的时间，我们每天都得连着干活二十个钟头左右,休息时间不足四小时。每天起床时,老板娘一拍门板,大家万分痛苦地挣扎起身,迷糊着眼东摸西摸把鞋子套上,打着踉跄出去洗涮。顺便说一句,晚上睡觉时我们连衣服都不脱,因为脱衣服也得花时间,早上穿衣服还得花时间,那点时间不如省下来填给睡眠……还因为实在太累了,衣服都脱不动了。总之起床时每一个人怨气重重,忍不住绝望地嘀咕:"完了,又该干活了!"

可是,只有我一个人精神抖擞,喜气洋洋:"太好了!又该吃饭了!"

饭其实也没有什么好饭,无非中午馒头稀饭,晚上烩菜米饭,半夜面条汤饭而已(此乃黑工坊,为提防工商局的和查暂住证的,我们从傍晚开始干活,一直干到第二天中午,下午才休息)。但由于我们老板是山西人,山西嘛,一向以美食闻名,所以再不咋样的东西也会给我们能干的老板娘调理得百吃不厌。就拿烩菜来说吧,按理说大锅饭的东西,再好也好不到哪儿去。可我们老板娘就有那个本事,把白菜、土豆和豆腐整得面目全非,真正的鸡鸭鱼肉也不过如此,绝非吹牛。但也许并非像我说的那么好吧。可能只是当时的我真的太馋了。

再说那个吃饭的情景——那情景不说也罢,单看我们优雅的老板娘根本不屑与我们同桌就知道咋回事了。她总是一个人往饭碗里捡点菜就远远蹲在墙角自个儿刨,有时候跑隔壁房间蹲着。有凳子也不坐。而我一般站着吃饭,机器前一坐就是十几二十个钟头,屁股都坐成方的了,看到板凳就害怕。可大家却以为我这么做是为了舒展肠胃,好多吃些。后来他们纷纷效仿,发现站着果然就吃得多些。然后都笑我。

只有我们三个女孩规规矩矩用碗吃饭。其他几个小子全用盆干,省得添饭。他们怕添饭的工夫,比别人少夹几筷子菜。又因为老板一家子阴阳怪气的,我和其他两个女孩都不好意思续第二碗饭,只好往菜上下功夫,因此也没吃多大的亏。可惜后来这个小聪明被识破了,菜开始定量,每人只分一勺子半。把人恨死了。大家每天睡觉前都会挤出一分钟时间来骂老板。

后来才想起山西除了盛产美食,还盛产管家,怪不得那么精打细算。

打工的只有我们三个女孩是外人,其他的男孩不是老板的儿子就是老板的侄子,要不就是女婿。后来又来了一个女孩和一个男孩。这下每天用电饭煲(最大号的)焖米饭时,锅盖总得被顶起来不可。靠院墙垒了一长排的已经储放了大半个冬天的白菜垛消减下去的速度更快了,老板娘的碎话也更多。偏巧那几天生意又不好，没活干，我们一连休息了好几天。于是又多了一条让人想不通的规矩：干活时管三顿饭，不干活时只给管两顿饭。早晨的小米粥也越见稀薄，有时候会吃出一两块南瓜，有时候什么也没有。甚至有时候只是一锅开水搅一个蛋花，放一把芹菜叶子，掌点盐和味精，就算是"汤"。这回他的亲侄子和亲女婿也开始不乐意了，端着个铁饭盆，用筷子把盆沿敲得叮当响。而他的亲儿子却在里间屋喝牛奶开小灶。

我也不知哪来的灵感，当即口占一绝：

小米稀饭南瓜汤，
玉碗盛来琥珀光。
但使我家老板能饿人，
管教你东西南北不分，
不知何处是他乡。

所有人不管听没听懂，一致叫好，哄堂大笑。我沾沾自喜不已，趁着老板一家小灶还没开完，索性又糊弄几句：

浅浅一碟汤，

疑是地上霜，

举头叹口气，

低头被抢光。

  他们更是高兴得肚子疼，一个个趴在桌子上笑得起不来。我不知道我居然还能这么出风头，便也跟着傻笑。他们就这么一直笑着，好像笑不完似的。我却越笑越不对劲……回头一看，老板娘不知什么时候已经站在了身后……

  一整个冬天都在为吃发愁。什么样的愁都有。我觉得我并不是那种没出息的人啊，可真的每一天每一分钟都在饿，不停地饿着。开始还以为自己是不是又要长个子了。结果个子一直没动静，体重的动静倒大了起来。老板白天联系业务，我们白天睡觉休息，平时很少见面。每次一见面，第一句话总会说："生意越来越难做！"第二句则保准是："小李又胖了。"就这样，见一次面说一次，好像我一点活没干，尽在他家享福似的。如果每一次的"小李又胖了"是在上一次见面的基础上比较得出的结论的话，那这个冬天我也不知胖了几百斤！实际上也不过只有二十斤而已（当然，也不少了）。

  所以说，太发愁了！倒不是发愁胖，发愁没吃的，更是发愁吃饭的时候总得被嘲弄,或者在屈辱中,在大家"我还以为女的吃得少"的嘲笑中续第二勺子饭。尤其是老板的儿子,没被他看见倒也罢了,一旦看见,总要开一句极没意思的玩笑:"咦?不减肥了?"

"不减了。"我老老实实地回答。端碗回饭桌,又小声嘀咕:"减你妈的肥。"

缺德的,饭都不让人吃得心平气和。

我那一段时间也不知怎么了,满脸疙瘩,成片成片地长,又不像是青春痘,因为非常痒,而且还流脓水。疙瘩一碰就破,每次洗脸时,毛巾上血迹斑斑。有时干着活,血会顺着面颊滴到正在加工的商品上。吓得要死,怕弄脏了赔不起。最严重的时候脸上有百十个疙瘩。这边刚平复了那边又冒出头来。如此延续三个月,脸颊和额头上红红黄黄的一片,恶心死了。我没钱看病买适当的对症之药,只好拼命吃牛黄解毒丸。我想这大约和熬夜和精神紧张有关。可我们老板却一口咬定那是由于我们平时吃得太好的原因。他说他家三四天就消灭一公斤清油,就因为油水太大了,所以得靠痘痘代谢。还说,谁叫我们整天坐在机器前不运动……

——放屁!另一个女孩说,就算三四天消灭十公斤清油也没办法叫你家的土豆白菜做成山珍海味。

我们承认老板娘做菜的确不心疼油，因为十几块钱一公斤的肉都省掉了，再去省五块钱一公斤的油就实在没意思了。男孩子们天天嚷着不是来打工的，是来当和尚的。肉嘛，有时候也有，比如有一次吃饭时，老板满菜盆扒拉遍了，就找到过一块。找到后连忙送到老板娘碗里，又转脸对我笑道："小李真是近视眼，肉就在你那边的眼皮子底下都看不到！"我实在没那个本事看到。一巨盆菜兑二两肉，真正的海底针啊。

春节前夕，一个干活的女孩和老板的宝贝女婿都因缺乏维生素而患了甲周炎。我们另外几个没得那病的，也都手指头倒皮重生，牙龈出血。刷起牙来，满嘴红红的牙膏沫子。我们有好几个月没见过新鲜的绿色蔬菜和水果了。

但是，这绝非是在诉苦。不知道谁说过的，年轻时吃过的苦都不算是苦。更何况我还特别地年轻，精力充沛。连续加班近五十个小时，只需睡一觉就能立刻缓过来，继续精力充沛。我所知的疲倦像梦一样恍惚遥远，那些疲倦对我来说不会比任何一种微小的快乐更刺激人。我过着忙碌辛苦的日子，心里想的却是金光灿烂的未来。我因年轻而什么也不在乎，什么也打击不了，我再大的痛苦也不会超过两个钟头。

当初我在家里吵着闹着要出去。当时追求我的一个男孩说："也行,让她去接受一下社会的约束吧。"好像存心等着看笑话似的。我也的确受到了约束,但青春仍在,强度再高,时间再长的劳动也没能阻止它的日益盛大鲜艳,势不可挡。我甚至觉得它已经笔直越过我破樊笼而去,奔向更广阔的天地。我呢,就在后面跟跄跄着,像在童年中追赶风筝一样愉快地追逐。有时也在想,要是有一天跟丢了怎么办?要是有一天,被它远远地抛弃……

不管怎么说,年龄在那里摆着。我可以担心的事情不会很多。工作中做错了事情嘛,只要挨挨骂,心就会好受些;进度跟不上,只要再努力一把还是可以不比别人差;再忙碌,开小差的时间还可以挤出来;再烦躁,生活总会给人备以种种出气筒供发泄;再寂寞,也总会有不寂寞的明天,总会有结束的时候。

只有那个吃饭的问题不好解决!我总是饿,总是饿。吃了还想吃,饱了还想吃,整天被食欲折磨得眼神都古里古怪的。吃完饭就抢着洗碗,洗碗时趁机偷点剩饭……挖一块白米饭,掰一口凉馍馍。越嚼越香,越吃越想吃。我完了……

我们一领了生活费(一个月只能领五十块,其余的年底结算。当时给我定的工资是一个月二百五。我真是个二百五……),就走很远的路去较繁华的一个街口买一位回族老汉的煎饼。我们比较过，这一带就数他的煎饼尺寸最大。而且也最好吃，甜甜的，还有一股子鸡蛋和奶油的味道。我们边吃边往回走，走到家饼子也吃完了。绝不会给男孩子们留下话把子。我们有时还称了糖，很小的一粒一粒。干活时饿了，偷偷剥一颗往嘴里塞。每次能香甜十五分钟到二十分钟。那是最便宜的一种水果糖，哄小孩都哄不过去。以前在自己家的店里也有卖的，当时瞧都不会正眼瞧它一下。

后来有一天他们在我的工作抽屉里发现一大堆糖纸（那段时间实在太忙，没时间把它们清理出去）。一个个都用瞧不起的眼光看我。我的胖和我的馋最终被确凿地联系到了一起。有一次我要进工房时，在门口听到老板儿子正在里面夸张地模仿我的口气说话："——啊——太好吃了！这么大的红薯，太好了……"然后大家哄堂大笑，一个个纷纷拿腔拿调哼哼叽叽学了起来："太好了……太好了……"我在门口站了半天，进了不是，退也不是。最后终于推开门的时候眼泪一下流出来，又慌忙把门拉上。

也许我真的太馋了。为什么别人就不是那样呢？大家沉默而紧张，踏踏实实地干活，踏踏实实地吃饭。吃得再多也不会像我这样心虚、慌乱、无所适从，做作极了。至少不会像我这样总是引人注目。大家干活总是太累，总是胃口不好，总是饭都不吃就回去躺倒睡下。大家一般都有胃病，一般更在乎年底的工资能不能结算。他们好像都不再年轻了，虽然我们年龄都差不多。

而我呢，我打工换了一个地方又一个地方，后来渐渐地也不能熬夜了。半夜也开始打瞌睡。痘痘也没了，胃口也倒了，人也瘦了。端起碗来愁眉苦脸地一口口下咽；放下碗又发愁工资的事情。好像这点工资可能是我这辈子赚到的最后的一笔钱似的，又好像自己马上就要变成一个没用的人了。当别人狼吞虎咽飞筷走勺的时候，我胃一阵一阵地拧疼。我渴望饿的感觉。突然想到，人就是这样渐渐老掉的吧？却又想不出这种情况具体从什么时候开始的。怎么想也想不出……肯定是有一天发生了一件特别的事情，才让我神不知鬼不觉变成这样了。什么事情呢？我又使劲想，却想起了另外一些日子里的另一些事情，更多更多的那些事情。奇怪，以前就怎么把它们给忽略了呢？它们都是小事，太微小了，只有针尖那么大。但也只有针尖扎着人最疼啊。

空手心

我打工时曾遇到过一个老板娘，总是嫌我笨，凡事不交代三遍以上决不放心。就那，还总认为我不能做好。她说："我再讲一次，先……然后……最后……知道了吧！"我马上乖乖回答："嗯。"——显然这个回答不能使她满意，她无名火立刻冲了起来："嗯嗯嗯！'嗯'个屁'嗯'！你就知道'嗯'！"

这种话听多了，我也就长了个心眼。下次再问我"知道了吧！"的时候，我默默地干着活，一声不吭。她等了半天没下文，气又不顺了——

"我说话你听到没有？"

"听到了。"

"听到了为啥不吭声？哑了还是傻了？"

"没有。"

"那我再问你：知道该咋做了吗？"

"嗯。"

"嗯嗯嗯，你'嗯'个屁你！嗯！你就知道'嗯'！！"

……反正我咋弄都不讨好，怎么卖乖也卖不出去。我不知道她究竟需要什么样的回答，需要什么样的打工仔。

好在所有干活的人中间，我不是最倒霉的一个。再说，被嘟囔两句又掉不了肉，久了也习惯了。况且老板娘骂人时偶尔也会变个花样，让人新鲜一下。倒不是我这人不顾尊严，只是我嫌麻烦而已，懒得跟她计较。你可不知道，我们这个老板娘啊，你若哪一天一反常态顶她一句，准噎得她三天吃不下饭，彼此得僵僵硬硬地耗半个月。最后还不是得重归于好。何必呢。再说了，凭良心说，她也不坏。我就记得最开始有一次，吃饭时她曾经往我碗里夹过一块肉。

那一次满菜盆里尽是肥肥白白的回锅肉，大家一起抢。她见我一个人不夹菜，只闷头刨饭，便在肥肉堆里扒拉半天，找出来一块半肥半瘦的，自己把那肥的一半咬下吃了，瘦的撂在我碗里。我当时差点流下泪来。我想到了我妈。

唉，后来全怪我太笨了。无论什么事，不失败几次就是做不好，久了难免让人心烦。老板娘失望不已。菜嘛，也只夹了那么一次。这倒罢了，哪次若看到我冲着菜连续夹两次以上而不刨一口饭的话，她准拉下脸用他们的方言话骂几句。我听不懂，也不知在骂谁，下一筷子又伸了出去。她立刻啪地摔下碗，踢开凳子气呼呼走了。走几步又回头吩咐另一个工友把她的话翻译给我听——

"以后吃菜得每人定量了！"

害得我此后好几天不敢和她同桌吃饭。该吃饭的时候拼命找点活干，眼瞅着她老人家搁了碗，这才做贼一样溜进厨房猛刨几口。

我很想非常地恨她，如果我不是那么笨的话……太心虚了。

我不但缺乏勇气，而且太懒……

我们的关系曾一度僵得没法形容。她甚至连话都不愿对我说了。如果到了非说不可的时候，哪怕与我面对面坐着，和我说句话也要通过第三者转达——

"喂，问一下她的羽纱缝完了没有。"

"让她下楼取前片的样板。"

"给她说一声，领子修快一点！慢吞吞，慢吞吞！总是慢吞吞！"

其实我也不是省油的灯，我也可以以牙还牙："喂，燕子，让老板娘把锁好边的腰衬给我。"但我不能那样做。打工的还是有打工的样子才对,若小脾气太多,何不干脆也去当老板。再说了,我还打算过几天找老板结一次账呢,关键时刻可不能逞一时意气。

我不理她。

可这人偏就和你过不去。甚至发展到有一天她家的两个煤气罐丢了也赖是我偷的!她在背后和别人这么议论。过了两三天我才知道,气得简直想仰天大笑!你说我一个四处漂泊、无依无靠的打工仔,要她的煤气罐干啥?扛着两个罐子到处找工作多麻烦!再说我一个女孩子,能偷一个就不错了,哪能一下子扛跑两个?退一万步讲,我这人生地不熟的,偷了罐子又能往哪儿打发,到哪儿找渠道脱手?可笑!

她才不管这些,她说你偷了就是你偷了,背后到处宣扬不说,还足足两天不做饭。那两天两口子下馆子,让我们这些打工的自费啃了两天干馍。

我真的被污辱了!夜里捂在被子里泪水淌满被窝。真想立刻就爬起来敲开她的卧室门,大声说出自己的怨气,然后大哭大闹摔一通东西。或者冷冷地打量她一番,再转身收拾东西高傲地离开……可我做不到,我没有地方可去,也没有钱,更没有足够的勇气。我总是太懦弱,只在想象中才威风凛凛,不可一世。我又这么年轻,还没来得及经历得太多,没有任何对待此类事情的经验。我还胆子小,害怕不可预知的后果。我还害怕陌生,我好不容易才适应了这个地方,我害怕新一轮的适应。我还害怕孤独,害怕不知明天会怎样空虚……就这样胡思乱想着,捂在被窝里哭啊哭。哭醒后,仍旧低眉顺眼坐在车间的噪音中接受剥削。让人稍微心安的是,我心中始终有一处安然无恙,简直就是万劫不死。它比我勇敢,比我更富于希望。只有它知道这一切只是暂时的。

后来还是得感谢时间,时间证明我不但不是坏人,而且也不是没用的人。恰恰相反,到了后来,我比谁都能干。干活的时候,无论谁和我搭档都无法赶上我的进度。其他的好处也被日益可观地发掘出来。老板娘心花怒放,不晓得是否悔不当初如何如何。就这样,我换了个人后她也是紧跟着换了个人。以前叫我是"眼镜""眼镜",心烦气躁地嚷嚷,如今左一个"李娟",右一个"李娟",甜腻得让人不敢相信。还有一天吃饭时又给我夹了一筷子菜。可惜已经晚了,我已经决定离开。

总之在最后的那些日子里,这个人的关怀与信任简直就要让我心怀愧疚了。她趁打包交货、车间里只剩我们两个人的时候,把我当知心人,大谈她创业的艰难、生活的不易、做人的难处。说得声情并茂,情到深处险些落泪。

我在旁边听得也辛苦,我忙活了近二十个小时,极想睡觉,但出于礼貌和些许的受宠若惊,只好强忍着,撑着眼皮和耳朵恭听。后来她还把厨房的钥匙多配了一把给我,意味着从此起床晚了也会有饭吃了。

我若一大意又做错什么事情,她居然也不骂了。甚至有一次她不但不骂,还娇滴滴地说:"唉——哟——,你这个坏——蛋——"听着觉得很不对劲,但又不清楚具体哪里不对劲。后来有人告诉我她对老公也这副腔调……

可是我真的决定要走了!我在这里待的时间不长,经历却不少。但都不是什么值得骄傲的经历。那段时光一经回想便茫然又难过。难过什么呢?哪里有人真的对自己不好呢?只不过是自己并不是很在意别人对自己好不好罢了。于是,便为被自己忽视的东西付出着代价。真的,老板娘的态度还算正常吧,对于我这样一个糟糕的雇工……

总之除了我自己,没人侮辱过我。我自己太冷漠,什么都太无所谓,什么都不当回事。因此无法得到尊重和喜爱。我大约太懒,懒于积极地改变现状,懒于认真地生活和与人相处。我一直在等着别人去慢慢发现我的好;我太被动。我以为自己多了不起,别人若看不到我的好就统统浑蛋。打比方说,结束工作后大家一起逛街,大家都认真打扮一番,只有我从来不梳头,不洗脸,不摘尽全身的线头（在缝纫机上留下的），不擦皮鞋，不管裤脚上有没有泥。自暴自弃一般。所以就没人爱我。所以我孤独。所以我活该。

　　我走的时候老板娘还想留我再吃一顿饭。见实在留不住，就叮嘱我记着她的手机号。我摸摸身上，表示没纸。她便把号码写到我手心上。如今，我经常望着自己空白的手心，不知自己得到过什么。

这样的生活

有一天我从睡梦中醒来,感觉那个清晨比以往任何一天都要寒冷,光线也格外明亮。起床一看,原来昨晚我们睡着的时候,房子塌了。

之前可从来没遇到过这种事情!我们租住的是几十年前的老房子,墙壁极厚,室内的隔墙都足有五十厘米。房子很高,梁木下撑着好几根柱子。怎么会塌呢?而塌的时候,肯定伴有强烈的震动和轰然巨响,我们睡得再死也该会有反应啊。更何况,我睡眠一向很轻。

后来搬家很久了,还一直在想这个问题。每天早上醒来,总会下意识朝上看看屋顶还在不在。真是的,房子塌了这么重大的事情都不能为我所知,要是哪天房子悄悄地没了,我岂不是要莫名其妙地在雪地里躺一晚上?让我难过的是,有那么多事情无时无刻不在对我进行着隐瞒,这个世界对我充满了防备。其实我只想知道房子是怎么塌的——那种塌时的情景。那个晚上，我躺在床上，房屋从四面八方坍垮。檩子、椽子噼啪作响，一一断裂，灰尘腾起……许久之后，烁烁星空下，断壁残垣，一片瓦砾。而我的床仍整整齐齐停在废墟中央，被褥床单没有丝毫的乱痕灰迹。昨晚用过的毛巾还湿漉漉地搭在床头，许久之后，滴下一滴水来……

如果那时我醒着，我会伸出手去，把那滴水接住。

可我却什么也不知道。有多少个这样的夜晚也是这样度过的呢？还有多少更大的，更隐蔽的变化在我们四周发生？生活总是不肯展现它更详细的内容，总是让日子一天又一天，一年又一年地过去，让我们还不知道怎么回事就长大了，就恋爱了，就老去了……就死去了，然后被遗忘了……

我夜夜睡在黑暗的屋中，看着黑暗中的上方。渴望有一天世界从那里对我打开，暴露它的缺口，让我看到真正的奇迹。看到星空灿烂迷人，银河辉煌壮丽，让我充满勇气，让我从那里出去，找出一个最完美恰当的形式表达出一切……我躺在床上，等着，等着，却是在渐渐往梦的方向靠近。整整一夜，那些梦纠缠我，追逐我，逼迫我。到了清晨才把我抛回床上，让我筋疲力尽，颓废恍惚，去迎接不真实的一天。让我去怀疑，去绝望。让别人一次又一次去嘲笑我：房子怎么会在人睡着的时候塌掉呢？

让我终于相信生活的平庸，让我激情泯灭，爱意消沉，让我终于承认——

也许妈妈说得对。那一天，当我们顶着寒流和巨大的疲惫，走很长的一截黑路回家，哆哆嗦嗦推开门之前，房子其实已经塌了。

和鸟过冬

我妈又招了两个徒弟后,杂货店那边住不下了,便在村里租了两间空房子当宿舍。我妈看房子挺大,便养了一大群宝贝圈在紧邻卧室的煤房里。共有八只野鸽子、十几只呱啦鸡、两只兔子、两只公鸡。这下可好,打开门一走进房子,满眼的翅膀,翻云腾雾,昏天昏地。本来呱啦鸡是很静的,鸽子也比较能沉得住气,就是那两只公鸡可恶,一有点儿动静便大惊小怪地上蹿下跳,伸直脖子干嚎,撕心裂肺。于是便把鸽子惊动了起来,一个个没命地扑腾着翅膀到处钻窜,也不问问到底发生了什么事就立刻积极响应,全体出动,声势浩大。这时呱啦鸡们想保持沉默也不可能了,一个个惊乍得好像真的发生了什么事一样。其实,我只不过推门看了一眼。

更可恨的是,那个房间既然是煤房,自然堆着煤了,足足七八吨呢。被这么一折腾,乌烟瘴气,沸沸扬扬。不管是谁，只要看见他满头羽毛、一脸煤灰的话，不用说，肯定是刚从我家煤房出来。

最倒霉的还是要数我们那两只雪白可爱的兔子了，不到几天，鼻子眼睛就分不清了。

后来春天化雪的时候，不知道是谁进了煤房门没关严，有几只鸽子和呱啦鸡便从那方黑暗狭小的空间进入到了一个明亮广阔的天地——我们三个女孩子睡觉吃饭的房间。这下可麻烦大了。这个房间其实是原房主的仓库，至今还堆着几十袋麦子，横七竖八摞着一堆条凳、破窗框和五六张床、几十个花盆，另外还有火墙、炉子、砖摞、柴禾垛……可谓地形复杂。要在这样的房间里收拾这帮入侵者还真不容易。但又不能听之任之，因为这帮家伙太不自觉了，总是喜欢在我们床上、桌子上、灶台上，甚至是锅盖上处处留下一堆堆不好的东西。害得我们不得不到处铺上报纸，白天把被褥卷起来，只剩下光床板。这倒也罢了，半夜里若公鸡里的哪一位高兴起来，一定会高展歌喉，直到天明，大方地请你当免费听众。说真的，要是它们唱得好听一点，我们啥话不说，还能忍受。可三更半夜的，是人的神经最脆弱敏感的时候啊……然而又能拿它们怎么样呢？房子黑咕隆咚，温度在零下。并且三个人里，除了我好像都挺害怕这些小鸟似的。的确，它们东扑西跌，不要命似的凶狠挣扎的劲头真的怪吓人的。而一旦抓到手，其软乎乎的、颤抖的、滚烫的身体更是令人恶心。于是便出现了这种情况——我说："小华！快！就在你床头上！在你枕头边！快！抓住它！"这个女孩子听到后，立刻敏捷地，一下子——把被子"呼"地拉上去，牢牢实实笼住自己的脑袋，半天不敢动弹……于是乎，全都得靠我了。我不停地操起家伙下床教训它们。最后实在不耐烦了，就把灯线拉绳接得长长的，横贯整个房子，一端系在我的床头。一有动静便伸手"啪"地拉一下，顿时满室生辉，倒也能把这群家伙镇住一会儿。不过，也只是一会儿，等你刚睡着，又……就这样，一个晚上不停地拉灯、熄灯，机械性地，黑暗中气鼓鼓地瞪着眼，简直快要崩溃了。唯一清醒的意识是，叫得正欢的声音中，"咕咕咕"的是鸽子，"呱嗒呱嗒"的是呱啦鸡，"蝈……喔……蝈……喔……"——不用说，是隔壁煤房那边遥相呼应的公鸡。

这群少爷们，被它们折腾成这样了，还得好吃好喝地照应着。每天离开房间前得把水啊食盆啊放在窗台下显眼的地方，怕它们找不到饿着了。真是让人咬牙切齿。

鸟晚上闹了，白天不知道会不会补眠，可我们却没那个福气。一整天昏昏沉沉的，干起活来颠三倒四，甚至那一段时间老冒痘痘，也怀疑是睡眠不好，内分泌紊乱的原因。

房子是以前的老建筑，特高，没有天花板。这群小家伙们想上大梁上就上大梁，想停在柱子上就停在柱子上，反正都是些你够不着的地方。你赶它轰它，无非是把它弄到相对更加安全的位置。而三番五次的大扫荡，似乎也只能让它们实践出更丰富的战斗经验，越发难对付起来。难道真的就没办法收拾它们了吗？

我妈说："嘿，看我的——"

那时雪化干净了，冬天已经完全过去，天气渐渐热了起来。我妈跑出去把蒙在窗户上用以保温的塑料布全部撕开，把钉死了一整个冬天的窗子全都大打开来。于是不到一会儿，屋里的鸟儿便飞得一只也不见了。我瞠目结舌："这下……又该咋办？"

"还咋办？不是没了吗？"

——何止没了？简直是永远地没了！可怜我们几个辛辛苦苦喂了一个冬天，忍受了一个冬天！我妈还得意地在那儿直笑，好像天下最笨的人应该是我们。

不过回头一想，让那些鸟儿们在最寒冷的日子里得到温暖，在温暖的日子里得到自由，也是蛮不错的。只不过我妈她老人家天天在杂货店那边安安静静、高枕无忧地过夜，哪里能体会其他人的不幸。

有关酒鬼的没有意义的记叙

直到前几天丽娜还在对我说那件事。

早些年我们都还小的时候,她爸爸天天在我家商店里酗酒。由于经济实权在她妈妈手上,赊账是难免的事。我妈呢,平时非常地糊涂,又刚到富蕴县,看所有的哈萨克人都长得一个模样,因此当丽娜爸爸提出要赊账时很令她犹豫。眼前这个男人经常来店里,已然熟人的光景了。可是却叫不出名字……也许知道名字,又不知道是所知道的那几个名字中的哪一个,对不上号……当然,又不好意思露出不知道的样子,便煞有介事地打了欠条,表示对其相当熟悉,相当放心——不怕你赖账,我认得你。

其实,她只认得他的女儿,就是丽娜,天天跑来找我玩的那个小丫头。于是欠条上那几个债务人不懂的方块字如此写道:

"丽娜的爸爸一瓶酒。"

丽娜说:"我妈知道后气死啦!骂我爸说,'你自己在外面丢人现眼也罢了,还把咱丫头搭上了!现在好了,欠条高高贴在人家商店里,要是她的同学去买东西,就都知道丽娜的爸爸是酒鬼了……'"

我妈还有一张欠条打得更有创意。那天小阿尤的爸爸也赊了酒去。我妈想写"阿尤的爸爸一瓶酒",又觉得不妥当,怕过了不多久就忘了"阿尤"是何许人也。于是找人问"阿尤"是什么意思。那人就告诉她是"熊"。我妈回去就立刻喜滋滋写道:"狗熊的爸爸一瓶酒。"觉得这名字别具一格,永远都不会忘记。后来阿尤爸爸来还账时看了气得要死。

当然,不是所有的欠条都能保证酒鬼的信誉,我妈为此吃了不少亏。其中最惨痛的一次是,她那天在没有问清楚的情况下居然放心大胆地把欠条交给对方去写。半年后,她终于急了,拿着那张鬼画桃符似的破纸片到处找人请教。翻译过来的意思居然是:"阿姨对不起,我们是酒鬼。"

可以想象当时我妈有多生气……她对我说:"娟啊,喝了酒的人咱都不能相信。"

可不久以后,她又信了人家一次。不过十块钱的酒而已,可那家伙就是不还。借的时候好话说尽,对天发誓某某日定还，否则就如何如何云云。借了以后，就再也见不着人影了。偶尔在街上远远碰到，便把帽子往下一拉，转身就走——不过十块钱而已！

后来听说这些人脾气都挺大，找你借钱，你越是不借，他越是不服气，越是要缠着借到手不可。等到还的时候，你辛苦讨债的难度是与你当初给赊账时的种种不信任、不情愿、抱怨、拒绝的态度成正比的。果然如此。后来当我妈又一次在街上碰到那个人时，就笔直追过去拦住他，提醒他十块钱的事。结果这人居然矢口否认借过钱！转个身还想跑。我妈气极，拽住他袖子就在大街上大声数落起来。围观的人越来越多，他也急了，反手将我妈一把推在地上，拔腿就跑。我妈跳起来就追。于是这两个人一个在前面跑，一个在后面追，穿大街，过小巷，声势不小。那情景虽不曾亲眼看到，但据我妈后来的描述，一定相当精彩。据说那人一边跑，一边还回头理直气壮地嚷嚷着什么，仔细一听，说的居然还是汉语："……要钱没有，要命一条！……哼、哼……人不要脸，鬼都害怕……"——我妈当时愤怒到了极点。后来终于追不动了，只好气喘吁吁站在马路边骂街，骂了一会儿又觉得好笑。最后便一路笑着回家去了。于是，我妈总是很不屑地对那些没怎么见过世面的人说："我什么样的酒鬼没打过交道啊？"

那时候我家的商店主要就是卖食品和烟酒，商店中间的空地上还摆了方桌和条凳，大大为其提供了方便。我呢，简直就是在酒鬼丛中长大的。当我在这边背"离离原上草"时，他们就在那边打着拍子跳舞，高歌"玛丽亚！"。直到现在，一看到或是想到"离离原上草"这句诗，就忍不住脱口而出一声"玛丽亚！"。

那些人喝起酒来，天哪，叫我怎么说呢？每次都是论箱买而不是论瓶买。一喝一整天，赶都赶不走。赶走了就转战我家门口的空地上，盘腿一坐，围个圆圈继续喝。喝多了便原地"卸包袱"。真是够呛，转个身就尿了，特方便。若是在冬天，我家门口靠墙根的雪堆上一长溜黄印，一直排到街道拐弯的地方，让人看了又好气又好笑。

那时我也就八九岁，常常躲在柜台后惊奇地观察他们。看着他们用手指甲盖生生抠开酒瓶盖而不用起子；看他们一边神侃一边"神饮"，根本用不着互相劝酒；他们一见熟人路过，群起而攻之，不逼着人家掏一瓶酒钱不放人走；他们向我讨一截棉线用来分割剥好的茶叶蛋，无论醉得多么厉害也分得极均匀；他们唱歌唱到一定程度就开始打架，打完了就抱到一起哭，互相道歉，再继续唱，唱

177

完了又打……

没完没了没原因地历数酒鬼们的事迹，实在没什么意义。我自己也不清楚这些人有什么吸引着我。我并不会喝酒，喝也只会像喝一切液体那样往肚子里硬灌。酒不能给我任何可以称之为"乐趣"的东西，最好的酒和最差的酒对我来说没什么区别——都辣得要死，直呛鼻子。一杯下肚，只能用嘴呼吸，而且舌头又麻又胀，平搁在嘴里，由下巴托着，好像是别人的舌头一样令人恶心。

我妈就会喝，并且好像深谙个中趣味。平时吃饭，有什么好菜了就会自斟自酌来一杯，兴致上来时更是高谈阔论口内（本地人称内地为"口内"）酒和本地酒的差别细节。我们全家人在旁边悄悄听着，一句话也插不进。

我一直在想象一种感觉："醉"。好多人说话写文章不负责，动不动就"醉了"，听首歌也"醉"，甜言蜜语也"醉"，良辰美景也"醉"，甚至被美女看一眼也快"醉"得不行了。据我理解，真正懂"醉"的人至少应该先懂得酒吧？否则只能像我这号人一样，在种种美好的事物前充其量只能说"被感动了"而已。

真的，我曾见过那么多真正"醉"了的人，步履蹒跚，跌跌撞撞。让人不由得努力想象那时他们的世界正在经历怎样的颠覆：一切为之剧烈晃动，万物狂欢……而他反应迟钝，他意识中的所有"尖锐"啊"敏感"啊，一定已经离开了他并远远超越了他，去到了天堂般的所在。那个天堂里的一切他显然也感觉到了，他突然跌倒在地，迟钝地摸索起身，嘴里嘟囔着遥远的事情，抬起头来，瞳孔深处一片辉煌。

"醉"是一种多么不可思议的感觉！好像水把油浮了起来似的，酒下肚，就把平日里藏在心里的秘密浮了出来。交杯换盏中，轻飘而恳切的——至少在那种奇妙时刻的确是恳切的——各种表达，以语言，以肢体，以随手拈来的种种方式进行轻松惬意的传递。那些人，平日里或衣冠整齐、温和有礼，或性情涩僻、阴郁滞闷，或内向羞赧、腼腆小心……现在统统一个模样了：激动、兴奋、期待、信心倍增。好像这才是人的本来面目，人最开始就是以这个样子在自然中赤手空拳进行创造的。可是在后来的命运中，人们涉过复杂的经历后换上了各种面孔和心态，用以保护自己。而现在呢，酒把千百年来人类辛苦收集、整理、分类储存在大脑中的信息统统打乱，用一个大棒子在这口盛满杂碎的大锅里拼命搅拌，锅底下还一个劲儿添柴加火。于是满锅沸腾，最最活跃刺激的感觉最先喷薄而出，一举支配了大脑……嘿嘿，我不会喝酒，也只能凭想象把"醉"的奇妙感觉想象到这份上为止,不能往前再走一步了。

因此,无论我干什么,都不曾"醉"过,不曾彻底投入过。真让人沮丧——课堂上不能好好听课,考试不能集中注意力,交谈时总是心不在焉,睡觉辗转难眠,连梦境也是乱七八糟,没条没理没根没据的。走路撞电线杆,往水渠里栽,谈恋爱也恍恍惚惚,三心二意,半途而废……与其说李娟任何时候都是稀里糊涂,不如说她任何时候都保持着高度清醒,不愿意全心投入某种热烈和渴需之中。

我真羡慕那些人。他们怎么做到的?

再说那些酒鬼,一旦和酒完成沟通,其他的就什么也不要了:家庭、爱情、名誉、金钱、健康、自尊……这才是真正的酒鬼,被酒释放了灵魂,又被酒瓶所禁锢。他们耍酒疯,打群架,蛮不讲理、强词夺理;他们赖酒账时死皮赖脸,低声下气;他们欠了账誓死不还,激昂陈词,悲愤交加;他们骗老婆的钱,骗父母的钱,骗朋友的钱,统统往柜台里送;他们露宿街头巷尾,桥头堡、干沟,在雪地上瑟瑟发抖,耳朵、手指纷纷冻掉;他们倾家荡产,孤家寡人,形影相随,形容枯槁;他们抵了名誉抵外套,抵了人格抵手表,百折不挠地赊酒,以身殉酒,至死不渝……

真有些庆幸这世上的一切并不是什么都能够令我知道、使我理解的。否则我也就不用如此辛辛苦苦七大篇八大页地啰唆了。不晓得看破世事会是怎样一种无趣的心态?

再接着说我们喀吾图的酒鬼,实在太让人大开眼界了。估计在这偏远闭塞的地方,稍微有点想法,愿意干点事情的人都出去干事情了,剩下的那些人可能悲哀地觉察到了什么,于是……但是,在这里说他们是在"借酒消愁"显然不合适,他们一个个分明是兴高采烈、得意非凡的。倒是我一天到晚阴着脸,"唰"地一把抽走他们递上来的钱,"砰"地把酒瓶往柜台上一蹾,再咬牙切齿、天女散花地找零钱。我知道,这一夜又不得安宁了。

他们找我讨了杯子便拉开了今夜的序幕。最开始时各位还是靠在柜台上浅斟慢啜,礼貌地压低声音交谈着。谈至兴处,轰然大笑,把前来买酱油的小姑娘吓了一大跳。他们赶紧道歉,说着"肚子不胀"(不要生气)之类的话(那个时候我就知道快了……)。然后沉默,仍满眼笑意。好容易等小姑娘走了(因为我事先打过招呼,喝酒可以,但不能妨碍我做生意,否则请别处去),再一次爆发笑声。杯中酒一干而尽,再斟满。等再次开口时音量大了一些,声调尖了八度(我开始暗道"完了"),瓶中酒位线开始加速度下降。开第二瓶时便无所顾忌了,个别字句开始结巴,目光大胆无畏、咄咄逼人。商店里来买东西的人开始被统统轰走。我开始发脾气。他们开始不讲理。我开始拒绝卖第四瓶酒。他们开始擂柜台,诅咒发誓这一瓶完了便走人。本来叫我"妹妹"的,开始叫起了"嫂子"。我开始屈服,他们拿上酒欢呼不已,开始往柜台上坐。个别的干脆整个儿盘腿坐上去。还有人开始回家拿冬不拉(双弦琴)。我开始害怕。

"噢!我的母亲!噢,我的母亲!!"

——今夜的第一场高潮是他们开始跳起舞来。高高地站在柜台上,一个一个两三米高,令人不敢仰视。下面的人则打着拍子唱着歌,好朋友则拥抱在一起痛哭,不停地相互道歉。还有两个出去打架,其他人嘱咐他俩快去快回,外面太冷,正在下雪。还有一位则腻在我跟前没完没了地教我拼他的名字:"达——达——达吾——热——克,不是刀热克……"

我不卖第五瓶,他们威胁说不给的话前几瓶酒钱统统不给。我不怕,他们软下来又开始"姐姐——姐姐——"地叫,我说"妈妈"也不行,他们又开始叫"妈妈"。我还能怎样?赌咒推出第五瓶。

这时另外一拨酒鬼从另外一家杂货店转移过来了。两路人马大会合，外面打架的两个人也和好回来了。店里塞得满满当当，彼此互相握手，哪怕只是半天没见面仍亲热夸张地寒暄。不到三分钟，我被迫取出第六瓶。但还不等这些人把手握遍，又有人来讨第七瓶。手长的已经自个儿伸直胳膊往货架上取了。这场面不是我一个人可以招架的。我紧张得直吞口水，咬牙硬撑着苦苦应付，一面直往外瞟，看有没有熟人路过，进来帮忙解个围。夜已深了。

第八瓶、第九瓶下肚，一半的人开始去吐。我声色俱厉，他们恍若未闻。我说我要关门睡觉了。他说："没事，你睡你的。"

"都回家喝好不好！我要关门了！"

"关门？"想不到他比我还要气愤，"关门干啥？你还想不想做生意？"

"做生意在白天做！你看现在都几点了！"

"没事没事！"他把杯子一饮而尽，"再一瓶给哈！"

这时，大合唱开始了。震耳欲聋，屋顶快被掀开了，墙壁被震得直掉墙皮。我气得简直也想拧开一瓶子酒咕嘟咕嘟灌下去，也给他们耍耍酒疯。

突然店门大打而开，寒气猛地涌进来，屋里腾起了一米多高的雾气。我暗道不好。第三拨人马浩浩荡荡，鱼贯而入……我简直想夺门而出,不要这个店了。

到后来,还是多亏了这最后一路英雄——房子里实在塞不下这么多人了,大家才遗憾地被迫转移阵地,直奔吐尔逊罕的饭馆而去。临走前一个人还在因使尽种种手段都不能让我交出第十三瓶酒而死不甘心。他被伙伴们生拉硬拽,最后一个才出门,还恨恨地撂下话来:"哼!你等着……在我的地盘上……工商局的人都是我哥哥……"

我赶紧收拾房子,飞快地关门熄灯。果然,躺下还没两分钟,那伙人又打道回府了,把门拍得噼里啪啦震天响。吐尔逊罕真聪明,她是怎么打发人的?明天一定登门请教。

他们大概砸了半个钟头的门,合页都快被扯掉了。可能因为实在太冷,最终还是骂着走了。凌晨四点左右又来了一次,吵得人发疯。我一个晚上没睡好,第二天半上午才起床。想起昨天的事,又忍不住好笑。

在喀吾图,和酒鬼打这样的交道几乎是每天都会有的事。不过有的老乡真的不错,只是两个朋友面向小酌,娓娓谈心,适可而止,感觉酒意差不多了便走人。不打不闹,不唱不跳——正因为有了这样的人,所以每每卖酒时,总因拿不准眼前的这位属于哪种人而犹豫不决。后来我们的生意渐渐做得大起来了，便不怎么在乎多赚那几个钱了。买酒前，先问好在哪里喝，若是就地解决，就对不起了，到别的商店买去吧，我们这里不让喝酒。

后来进了山，仍沿用这个规矩。那时候已经没有正儿八经的房子住了，只一个塑料小棚栖身，屋里屋外，没什么区别。于是那些酒鬼也不在乎，买了酒和佐食，出去往门前草地上盘腿一坐，十几个人围一个大圈，一人掂一个酒瓶。上面是天，深蓝明净；下面是草场，一碧万顷；森林在右边浩荡，群山在左边嶙峋；身边的河流淙淙，奔淌不息；前面是山谷的尽头，后面是山谷的另一个尽头；自己的马，自己的牛羊，自己的骆驼，在不远处静默——还有比这个更美妙的酒席吗？所有人高谈阔论，一阵又一阵的歌声直冲云霄，悠扬不息。再一声一声落地，一句一句叹息。

我想，这样的情景中滋养出来的酒鬼应该是档次较高一些，胸襟气量较大一些的吧？可酒会散后，我们去看，连一个酒瓶子也没能拾回来。这只是些朴素的酒鬼，除了酒以外，还想着生活和家庭。一个酒瓶子能卖八分钱呢。

这可能是些真正爱喝酒的人。至少他们懂得珍惜。他们把手中残酒一饮而尽，飞身上马，拥挤着，喧闹着，一大帮子在草甸上浩荡策鞭远去。酒气冲天，消失了似乎还有一两声笑语悲歌传来。

　　我还是一直在想象"酒"这种奇妙的液体。它原本由我们生理上必不可缺、切身依赖的两种物质组成：水和粮食。它们经过奇妙的反应，简单的程序，长时间放置而生成。它辛辣、凛冽，逼人窒息，烫人肺腑。紧裹着人，胁迫着人，又猛地松开，抽去这人想要抓牢的一切东西，再远远退去。真是诱惑啊，于是那人又举起第二杯……酒是多么奇妙的液体！水能这样吗？粮食能这样吗？我们一日三餐离不开水和粮食，水和粮食给我们生存的力量，温和调理，轻滋渐补。但酒不一样，它逼人而来，笔直地袭击你，激活你死寂的，湮灭你理智的。它强迫你，要你交出所有深藏的情绪，再统统拿去后，将其左一下右一下大块大块往你的言行举止上涂抹。你借酒装疯也罢，胡说八道也罢，酒后真言也罢，全是它的杰作，它的大手笔。它控制了你，让你在兴奋激动之中全面袒露你自己。它冲垮你心的堤坝，淹没你心的田野，它让你闹水灾，让你泪流不止。它让你种种情绪的各个极端高潮在同一时间全面爆发出来，让你在酣畅淋漓、无比痛快之时也被干干净净地掏空，虚脱气浮、踉跄连连。让你迫不及待地想要表达。你一下子有了那么多的话要说，没法排队，全挤在嗓子眼，你竭力要在第一时间把它们全部释放出来。结果却是什么也没能说清楚，结结巴巴，含含糊糊。但你没法去管它们了，你只管说。你把自己交给了酒，你的每一句话也全醉了，上句不搭下句，乱七八糟，头重脚轻涌出来，奔不着去处。但是，还是会有人理解你的，那是另一个酒鬼。你们处在同样的世界里，你们为只有你们两个人才能去向那个世界的孤独而抱头痛哭。酒就在酒瓶子里安静地瞅着你们。

我浮想联翩。忍不住偷偷拧开一瓶灌了一口。眼泪一下子呛了出来，嘴半天不敢合上，拼命抽气。那股酒劲来势滚烫，从喉咙笔直地穿过胸膛，直射向胃部。片刻，丹田一片沸腾。我吧嗒吧嗒甩着舌头唏嘘不已。鼻子又潮又硬。真是的，酒到底有什么好喝的？

还有一次则是迫不得已。那次露宿在森林边上，不知怎么的半夜渴得要死。渴醒了，一时又找不到水喝，突然想起我妈说过，渴的时候喝啤酒最过瘾了。又想到我的床板正好是搭在几箱啤酒上的，便悄悄起来，撕开箱子一角取出一瓶，用牙咬开盖子，捏着鼻子猛灌一通，只当是矿泉水。就这样喝了小半瓶，喝得一个劲儿地打嗝。胃里热过以后开始泛潮，嘴里苦苦的。渴是解了，却怎么也睡不着了，翻来覆去直到天亮。那次喝的是啤酒，倒没有太难受的感觉，也没有很舒服的意思。酒仍然在我的感觉之外醉我。

真是扫兴。别人怎么做到的？酒瘾是一种什么样的瘾？究竟是什么令他们成为酒醉的状态？

再看一看乡上的工作人员马赫满，每次喝醉都会跑到我家定做一次套服。还有那个"电老虎"，酒一喝多就挨家挨户收电费。谁要是在平时得罪了他，这会儿保准被掐电。还有机关学校的所有的人民教师。我们这里酒鬼最猖獗的日子就是教师节放假的那一天（我们村里的牧业寄宿学校没有寒假，暑假长达半年，却不是狂欢的好时机。因为那时老师们大都得上山放羊）。对了，还有一位转场时经过我们村子的牧民老乡，那天喝多了，非要把他的骆驼牵进房子，说外面太冷。我和我妈惊吓不小，随即强作镇静地告诉他，只要能牵进来就牵吧。结果，他真的做到了！只是骆驼肚子还卡在门框里。他拼命拽缰绳，可怜的骆驼伸直脖子长嘶猛吼，烟囱被震得直掉煤灰。

补鞋能补出的幸福

我妈进城看到综合市场里补鞋子的生意怪好的,也想干这行。可别人说要学这个得先当徒弟,至少得跟师一年。她一天也不愿意跟,说:"那还用学吗?看一看就会了呗!"于是跑到乌鲁木齐把补鞋的全套工具买回了家,往那儿一放一整个冬天,没法启动——她嫌人家鞋子臭。

还是我叔叔厉害,他不怕臭。而且他才是真正的无师自通,在把我们全家人的每一双鞋子都钉上鞋掌后,就自认实践到位、功夫到家了,张罗张罗领了执照开了张。可怜的喀吾图老乡们不明真相,看他头发那么白,以为是老师傅,信任得不得了。纷纷把鞋子送来供他练习。看他煞有介事、叮叮当当地又敲又砸,一点都不敢怀疑。于是就这么着混了一个多月,零花钱赚了几个不说,对补鞋,还真摸索出了一套经验来。于是我妈又踌躇满志准备再去一趟乌鲁木齐,再买一批皮块、皮渣、鞋底、鞋掌、麻线、拉链……回来，打算像模像样大干一场。她想让我去提这趟货，我才不干呢。一个女孩，扛个破麻袋，左手拎一串鞋底子，脖子上还挂几卷麻线，走在乌鲁木齐大街上，未免……反正我一开始就反对补鞋子，我嫌丢人。

而对我叔叔来说，最丢人的事莫过于别人把补好的鞋子又拿来返修。好在村子小，人情重，就算我叔叔的活儿干得不令人满意，大部分顾客也不好意思明说，照样付了钱道谢，拿回家自己悄悄想法子修改。哪怕是连我叔叔自己都看不过去的某些作品，也能被面不改色地穿走。

至于第二丢人的，则是手脚太慢。这个也不知被我妈唠叨过多少遍了，可就是没法提速。要知道我和我妈都是急性子，眼瞅着他老人家左手捏着鞋子，右手持锥子，抖啊抖啊抖啊，瞄半天终于瞄准了，修表似的将锥子一点一点小心翼翼扎进皮子，在皮子另一面摸索半天才准确地套上底线。然后再修表似的颤着手指从皮面上钩过线来，拉拉紧，拽了又拽，精细地把线圈扩大到合适的半径，再颤悠悠把锥尖瞄准线圈，抖啊抖啊抖啊地伸进去……这边把面线抖啊抖啊抖啊地套上，再抖啊抖啊抖啊拉进底线线圈……一不小心手一歪，线滑了出来，只好抖啊抖啊重新瞄准……我们俩在旁边看得急得没办法。我妈实在看不下去了，索性抢过鞋子，三下五除二就系上了一针，干净利索地做了个示范,然后又飞快扔了鞋子跑去洗手。老实说,她要是干这一行保准是个人才。

推开我家商店门一看,满房子都是拎着破鞋子等着补的人。一个挨一个靠在柜台上,聊天的聊天,打牌的打牌,碰杯的碰杯,奶孩子的奶孩子。补的人不慌不忙,等的人也是如此。

不急的话,大家都不急。但要急呀,赶巧都急到一块儿去了。这个急着要上班,光一只脚跳着蹦子不停地看表;那个急着赶车,一会儿出去探头看一眼,冲着司机高喊:"再等十分钟!"还有几个牧民老乡急着要六点之前进山回家,往下还有三个多小时的骑马路程,怕天黑了路不好走……情况混乱。这个嚷,那个喊,纷纷把自己臭鞋子往叔叔鼻子前面凑。

我叔叔手上正补着的那一双鞋,鞋帮子和鞋面子只差一厘米就完全分家了(也亏了那人,能把鞋穿成这样还真不容易),正在比来比去地研究,思量着从何处下手呢。旁边一位直嚷嚷:"师傅,先给我缝两针吧?喏,就这个地方。喏,已经给你对好了——两针,就两针!"

我叔叔便往那边瞟了一下。

这边这位立刻急了:"先来的先补,排队排队!"

那边大喊："两针！我就只缝两针而已，而你至少还有一百针！"

"只缝一针也要排队！"

"不行，等不了啦！"——接着，他突然做出一件惊人之举，把我叔叔手上那只"需要缝一百针"的鞋子一把抢走，挥手"叭"地扔出门去，迅速换上自己的："只一点点，看，两针就好……"

我跑出门一看，那双可怜的鞋啊，原本至少还连着一厘米，这下鞋底子和鞋面子彻底分家了。

鞋主人当然不愿意，拾回来又奋力扎入人堆："排队排队！先来的先补，先来的先补！……"差点拿鞋去敲我叔叔的脑袋。

有一个人更缺德。为了加个塞儿，悄悄把一双本该排在自己前面的鞋子偷走藏了起来。害得那个倒霉蛋叫苦连天地到处找鞋子，还趴在地上，往柜台底下使劲瞅。

一个女人的嗓子无比锋利尖刻，划得人耳膜疼："师傅啊，我就只敲几个钉子嘛！就只敲几下，先给我敲一下吧！"

我叔听得心软，正打算放下手中塔木儿罕的破鞋伸出手去，谁知塔木儿罕用更快的速度把那女人的鞋子抢过来："不就几个钉子嘛！我来给她敲，师傅你别停——"

然后打开工具箱,找出榔头,往那儿一蹲,像模像样"叭叭叭"地抡榔头钉了起来。

另一边另一个毛头小伙一看,大受启发,立刻无师自通地摇起了我叔叔闲在一边的补鞋机器,蛮专业地摇了起来,在自个儿鞋面上打了个补丁,针脚还挺整齐。看样子补鞋匠人人都能当,这个生意往后可是不太好做了。

看吧,房子里那是一片混乱。有人笑,有人叫,还有小孩撕心裂肺地哭。急着上班的那一位干脆把鞋扔在我们这儿不穿了,趿拉着我家为顾客提供的拖鞋匆匆走了。而另一位也趿着我家拖鞋的人则又把拖鞋给穿坏了,嚷嚷着再给补一下拖鞋。正补着的那双鞋子的主人更是如临大敌,一刻不敢松懈地保护着我叔,唯恐在即将大功告成的关键时刻又沦遭刚才那双——眼看只差半分钟就补好了,结果又硬挨半个小时才拿到手的——鞋子的命运。

更多的人在见缝插针。我叔叔刚放下锥子去拿剪刀的那会儿工夫,"唰"地把鞋子递过要他"抽空"钉个钉子。等他再放下剪刀去拿锥子时,又被要求再给钉一个钉子。于是我叔就晕头转向地给这个钉一下,再给那个敲一敲。弄来弄去连自己原先正修着的那一双该修哪儿了都给忘记了,最后干脆是放到哪儿了都不知道了(大概又被哪个好心人给藏起来了)。鞋主人简直快吐血了,一边求

193

爷爷告奶奶满房子翻找,一边跑出去看车,再大喊一声:"再等一等,最后十分钟!"……

还有一位喋喋不休地同我叔理论,愤慨难平:"……刚才我给的钱是那双左边有洞、右边开线的,不是努尔曼钉掌子的那双。努尔曼把鞋子拿走了没给钱,你拿了我的钱,我的鞋子还是左边有洞、右边开线……"

旁边那位极不满意:"你别说话了,吵得人头疼——正在补我的,我马上要走呢!天要黑了……"

更多的人则铆足劲齐声大喊:"快点——快点——快点——"

还有一个狡猾的母亲则趁乱打劫,装作奈何不了自己淘气的孩子似的,半阻半纵地让孩子进入柜台去取饼干。我眼睛一瞟,无意中看见了,连忙松开手——之前正拽着一个要把鞋子往我叔头上敲的家伙——冲进柜台抱孩子。刚抱出孩子,顺便看到了那只正被主人找得叫苦连天的破鞋,此时正撂在饼干架子上……

我妈常说,这生意还是别做了,钱没赚几个,又臭又脏,又吵又闹,何苦来着?我叔说,那么机器怎么办?买都买回来了,放在那儿干啥?我妈说:"给娟儿留着呗!有朝一日……"

其实我真的很乐意接受和保留这么一件礼物。等将来有自己的家了，一定会把它显眼地放在我的房子正中央。让我时时想起曾经的生活——那时我们有那么多的梦想。我们整天在一起没完没了地憧憬着，描述着。外婆想回家乡，想吃对面亍上的肥肠粉。叔叔也想回老家，过乡间熟悉而踏实的日子。我想有漂亮的衣服，想去遥远的地方。我妈心更野，想骑自行车周游全国，想买城里的房子，想把房子像画报上那样装修，想老了以后养花养狗逛街，还想住每年都能去海滨疗养一次的那种敬老院……好半天才畅想完毕，满意地舒口气，扭过脸对正为补鞋子忙得鼻子眼睛都分不清楚的叔叔说："好好努力吧！为了这个目标……"

补鞋子的确赚不了多大的钱，更何况是我叔叔这样的笨蛋在补。但那毕竟是在做一件有希望的事呀。我依赖这样的生活，有希望的、能够总是发现乐趣的生活，在我自己的家里的生活。有时候想，自己恐怕永远不会失去这种希望和乐趣了。我妈说了嘛，补鞋子那一套家什谁也不给，就给娟儿留着。

第三章

草野之羊

九篇雪

一

我说:"又下雪了。"我悄悄起床,趴在窗台上往外看。外面黑乎乎的。我又说:"又下雪了。"睁大了眼睛,什么也看不见。此时,雪的白不知正在谁的梦中白着。我咳嗽了一声,清清嗓子第三次大声说道:"下雪了!"——黑暗中没有一丝响应。许久,房子的某个角落传来打鼾声。我忍不住流下泪来:"真的下雪了……"

就像我说"我真的爱你"一样。这世上总是有那么多的事情不能让人相信。我真的知道每个夜晚雪其实都在下。我无法把这件事告诉别人,是因为我不能解释那些落下的雪又是如何穿行在一个神秘的通道中,然后在天亮前消失。我也并不是真的什么都知道了。当夜深人静时,自己突然从床上坐起,脱口而出的那句话——我也弄不清是不是梦话。

那么，雪到底下了还是没下？

二

真正下雪的夜晚，绝对不会只让我一个人知道。首先天气预报就会提前好几天公布。一推开门世界就变白变厚了的大怪事也只在童年里出现。下雪的夜里，通夜都有人在忙碌，这人刚刚回到家，那人又推开门踏雪而去，说不上究竟是谁第一个经历了雪。

我穿好衣服，戴好围巾手套，早早地推门出去，但还是看到有人在四十厘米厚的大雪上留下了脚印。这行脚印横在门口，从东到西，让我没法过去，只好踩进脚印坑里前进。天色漆黑，路灯昏暗，街道冷清。走在这行脚印中，想着到底是谁，比我更加孤独。

踩着这脚印一直往前走，渐渐丢失了自己原来的方向。我曾停下来想了一会儿，再抬起脚时，不由自主又踩入下一个脚印。我发现我已经无法离开那人留给我的路了。虽然也曾试着从经过的一个路口踏入别的方向，可踩出去一脚，就在雪上跌了一跤。

我接着向前走，渐渐发现，我走他的路是为了追上他，为了看看他的容颜。

我知道他是谁了。

接下来我又渐渐感觉到那行脚印在每一处岔路口的迟疑。也许我可以追上他，我没有丝毫的迟疑。我便跑了起来。路灯突然没有了，天却朦朦胧胧亮了起来，我的心怦怦直跳，呼吸急促。每跨出一步我都感觉他在下一步等我。近了，快了……我跌跌撞撞，不停地摔跤。天渐亮了，我愈发清晰地感觉到了他的气息，我甚至真的听到了他的呼吸和叹气。我心中狂喜，不能自已——我看到前面的脚印停止了下来！我马上就见着他了！我连跑几步，在脚印消失的地方，欲往前再走一步——马上就要见着他的最后一步——时，却赫然惊觉，自己正站在一处悬崖的尽头……

——天一下子重新黑了。我从梦中惊醒，穿好衣服，坐到天明。

三

雪是多么不可思议的一种事物！

首先它是白的。它没有杂质，它耀眼。它白，它就是白。它总会让人想起一个咬着嘴唇的沉默而倔强的女孩。

它从上面重重积云中下来，云却是灰的。

其次，它是飘落下来的。漫天地飘落，从天到地缠绵着。我们也渴望那种飘——当流星和雨点笔直迅疾地坠落，当鸟儿拍着翅膀呼啦啦啦远去，我渴望升入高处，再慢慢悠悠地落向大地。慢慢悠悠地，什么都看见了，什么都记住了。

然后，它是图案精致的。让人得知有一个人曾多么寂寞，他在那么漫长的岁月中，一片一片反复雕琢出这些精美的尤物。再在剩下的时间里将它们一把一把抛撒、丢弃。这些尤物，在静处和近处给你指出迷宫，然后淡淡一笑，自己却欠身堵住了出口。它展示着它的六片花瓣。树叶有这种形状吗？石头有这种形状吗？梦有吗？死亡有吗？如果世上没有雪，人类永远无法靠现有的想象将这种东西凭空合成。

雪还可以堆积和覆盖。在这世上，能够完完全全去覆盖什么的只有雪和坟墓吧？因此，雪地总是有着墓地的美。我们走在雪上，想到雪被下面的那些，会想到自己就这样走过了。会回头张望。

雪还可以融化，在手心消失，在春天消失。我们留不住雪，以及更多的东西。抓一大把雪将它攥紧吧，去感觉冰凉的、泪水流逝一般的流逝。如果此时你不能把它融化，你就将被它冻僵。雪冷冷地看你，消失了还在梦中这样看你。

但是小的时候我们不知道有关雪的这么多。我们只知道雪可以堆雪人，一个和我们一样大的雪人，而且和我们一样站在大地上。它的一切都由我们来给。胡萝卜的鼻子，煤炭的眼睛，还戴过我的眼镜，围过你的围巾。有一天，它因我们年幼的记忆而产生了奇迹，它和我们一起奔跑过大街和广场，有了生命。后来天暗了，我们回家时不该把它独自留在那里。我们什么都给它的时候没有想到也会给了它孤独。我们真的没有想到。当我们纷纷隔着窗子远远凝望着它，在各自温暖如春的家里。

我们来自于生命中的第一次寂寞，是看到了一个雪人的寂寞吧？如果它没有眼睛和鼻子，如果它仍是一摊平整的雪。如果我们没有惊醒雪，我们没有惊醒它。

我们可能将替它，站过一个又一个冬天。

四

我不会悲叹任何一朵落下的花，因为它们已经落下，而我还在这里。而我还不曾老去。我不会悲叹的，当漫天雪花从冬的枝头落下，会看到我仍没有离开。

漫天雪花落下，像舞台的帷幕落幕一样落下。我站在雪地中频频欠身谢幕，又在空旷的观众席上独自热烈鼓掌。我不会哀叹。任何的落去的花，我看见它们已经把青春落下，然后是爱情，最后是生命。落在我脚边的地方。最最后才是雪，像墓土一样层层覆盖，洁白温柔，柔软一地。

等待我的落下。等待我的悲叹。最后它们只等到我亲人们的悲叹。我的亲人们掘开冰雪和泥土，以及一切落下的尘埃，把我深深埋葬，然后落泪离去。我最后看到的是他们的身影在天边落下。

五

雪一个冬天一个冬天地下。在我们看得见的地方陆续融化，却在我们看不见的地方一层一层堆积、加厚。这就是为什么童年时代丢失在操场上的那双红手套再也找不回来了。它被埋得那样深。

还有春天、夏天和秋天，它们过去也总会有什么一层一层留下。我们看不到。但我们能看到冬天的雪在经过它们时的迟疑和吃力——雪花是一片一片、纷纷扬扬地下的，而不是倾巢出动，轰然从云层里坍塌下来的。每一片雪都是在经过漫长的旅程后，才侧身抱着双肩，小心穿梭行进，一步一步地到达大地。在空中左突右闪，回旋辗转。我们还小的时候只能看到它们的轻盈和优雅，看不到它们正经历着的岁月。

一年被雪，以及其他的——春天的，秋天的，夏天的——什么东西所埋葬后，十二月才进入到它的最后一天。

一年过后，我们走在雪野上，含泪想到，又是一年了。

但是，雪下的时候，却留下了去年经过雪地时的一行脚印，叫我们知道，他也一样一直从去年走到现在。

六

雪霁天晴。碎雪仍在若有若无地飘荡。我抬头望着深蓝的天空，看星星点点的碎雪从白茫茫的大地上浮起，像水底的气泡一样缓慢地通过空气向天空浮起，一粒一粒消失在上方的蓝色中。

很少有人注意到雪落地后还会重新升起、回去。他们只会偶尔惊诧一下为什么雪晴后，阳光照耀下的空气会闪闪地发光。

没有风。碎雪左右飘荡，盘旋漫舞，像在风中一样，又像在音乐中一样。

上升，上升。就像眼泪滑落那样上升。天空蓝得能蜇出人的泪水。是不是正是天空的那种比蓝还蓝的蓝，动荡在上空几百米的高处，磁铁一样吸吮着皑皑积雪中没有分量的那部分——那一部分因重量而下坠，落地过程中却不小心将它的重量从手中失落，先它自己掉下来。它便轻轻飘飘失重了。在茫茫大雪中，我们总能看到纷纷扬扬的飞雪中有几粒在犹豫——就是它们；雪停天晴后，我们又看到总有隐隐碎雪浮在空中渐渐上升——也是它们。

那一片亮闪闪的空气中，微渺的碎雪四起时，我正在兀自前行，不住回头张望。假如有一天，我也像一粒落下又飞起的雪那样，那么我又是在为着什么？……这么想着的时候，远方似乎还在等我向它坠落，我踩出的一个个脚印却轻轻牵住了我。并且轻轻，向未来某个日子里浮显，等我有朝一日再次踏上去，再次回到这一步，回到四起的碎雪中去，继续向前。

我不停地回头，不停仰面张望。乍然看去，空中什么也没有，直到眼泪被天地间的明亮刺激出来时，上升的碎雪才一粒一粒被我看见，又一粒一粒在视力可及的范围内向上方的深处消失。

很多故事里，大结局之后我们所不知道的情节又是如何继续的？我们翻过了最后一页，仍然什么也不能知道。

除了那个故事结尾的最后一句话，整本书什么也没有说。

难道一切真的不会停止，真的没有结束的时候？

落下又扬起的雪走了，那些落下并积起的雪也不会停留多久。它们离开的过程更复杂，更不易发现。它们的经历更曲折，更不可想象。

而我的行进已经停了下来，在碎雪四处闪烁浮扬的雪野上停了下来。

就像落下的雪那样停了下来。

我最后一次回头望，并仰望蓝天。

七

经年雪封、亘古不化的冰山，是被遗弃得最彻底的东西。四季没法找到它，甚至连冬天也这么说："这可能是另外一个冬天的尸体。"它说："是很久很久以前的一个冬天——我不认识它，我们相隔太多的岁月。"那些相隔太多的岁月闻言，便年复一年降落着大雪。

有一天大山深处喷出了汹涌激荡的岩浆，一泻千里，势不可挡。亿年积雪烟蒸气氲，万古冰层四处迸裂；天为之倾，地为之崩，复活的声音撕裂寰宇，震荡天际，久久不绝，久久不绝。

后来这声音渐渐远去并消逝。又一场更大的雪降临，一切被埋葬了过去。整个世界仍然什么都不知道。四季仍然沉默，甚至冬天也说：

"我真的不认识它。它可能是死亡了亿万年的，曾有过的第五个季节。"

八

下雪与冬天没有多大关系，一年四季都在下。只是别的日子里的雪在落下的过程中渐渐变成了另外的事物，有时以雨的形象出现，有时则是一些落叶，有时则是一场灾难，更多的时候是无边的寂寞。只有冬天的寒冷才能将它原封不动地保存下来，洁白剔透地降临人间。

或者我们所看到的，所谓的"雪"，也是另外某种事物的最终命运，最后的化身。

那么雪到底是什么？

有一种东西到底是什么？

我们只知年年岁岁都在落下一些东西。一次幸福、一些年轻、一个孩子、一场车祸，或一块陨石。就像雪从铅灰虚茫的天空落下，这些事物的来处也同样渺茫未知。但我们接受了它们，直到我们因越来越多的接受而变得越来越沉重时,我们自己也不能自拔地落下。

那些绝对不是雪。雪的轻盈和精致是一切下落事物的典范。做这典范的人说:"你此时,就像这样飘荡人世。看你多么美丽!可惜你看不到你自己……"

叫我们如何去相信!

我们永远无法忍心舍弃的美好,永远不肯罢休的痛苦,还有爱情、童年、孤独、欺骗,还有罪过、仇恨、热望、抵抗……当我们携着这所有落下,我们怎么相信,此时的我们,仅仅只是一片雪?

他又说:"雪的心,本也是一粒灰尘,只不过衣了重重的华裳。"

可我们的心却是在怦怦跳动,泵起血液向高处喷涌。我们的四肢和面孔健康而年轻。我们怎能只是像一些雪花那样简单?是谁随随便便就用了这种比拟来搪塞我们激情纷扬的一生,是谁仅用一些雪就欺骗了整个冬天,蒙蔽了我们的眼睛。让一些不该落下的落下,又立即用别的落下的东西,掩盖了它。

九

雪下得如此平静,好像它什么都不知道似的。好像它在一边下，一边思量、冥想。在想好之前，绝不愿惊动人似的。

好像它真的什么都不曾做过。它轻轻地摇头，再落下。

而雪地更加平静。平静到看不出它正在延伸。

久久地看，久久地看，也看出了。此种延伸的不易察觉是因为它是以万物的渐渐沉静渐渐休止而延伸。

雪地微颤了一下是因为有人从那边过来了。雪地最后的颤动则是他已经永远地离开。雪地是世间最大的一片空白，填满它吧！于是又下起了一场更安静的雪。

而最静寂最空洞的要数那些雪夜了。夜色把一切动静含在嘴里，雪落像是在梦中落，无凭无依。睡意正滴水般，秒针一格一格地移动般一下一下叩击心灵。入睡后，雪更静更遥远了，梦悄悄地把人向相反的地方带。如果带去的地方也在下雪的话，它又会立即轻轻把你带回来。会让你暂醒片刻。

室内的安静被整个世界的安静所挤压。睡醒的人静静听了一会儿，又更沉地睡去。隔着墙壁和梦，雪纷纷扬扬地下，它既不濡湿什么也不击打什么。它只是一层层覆盖，不露声色。把你留在夜里，不着痕迹。

就这样安静地埋葬你在你的梦境里。

如果有人此时敲打你的院门，深夜里大声呼喊你的名字，它会把所有声响引向别处，引向很多年以后，才让你被唤醒。

雪和夜愈来愈靠近你，又渐渐远去，去到世界上最遥远的地方。再回来，在你的梦里告诉你一些你所不知的事情。再愈来愈近地靠近你。

雪越下，天越黑。雪层一点一点加厚，挤缩着黑夜的空间，使夜退守得更浓，更放低了呼吸。

——正是在这样一个平静异常的深夜里，我突然大汗淋漓，惊梦而起。并失声叫道：

"下雪了！"

草野之羊

我找我的母亲。当我找不到我的母亲时,我开始找我的孩子。很久以前我是失群之羊。久了,久了,很多事情都过去了。是"意义"则消失了,是"愿望"则泯灭了。我掩身草野。风吹过,我的每一次乍现都是一次疼痛。每一次乍现,每一次让你突然间看到我。

我的每一次乍现,都在我童年的梦中。当我还是个孩子,我就从我镜子中的眼睛里看到了以后会有的种种情景。我摔了这镜子,自己先它碎去。有人默默收拾了这碎片,我不知道他把它们放到哪儿去了。他把鲜血淋漓的双手给我看。我从梦中惊醒——

……四野仍旧无边。仍旧没有往事,能记得的梦全都忘记。我拨开深深的草丛走进另一片深深的草丛,踮起脚尖探头打望,看到只是更深远的浩荡草野,海一样浩荡到天边……

我曾渴望像一只草原雕那样高高盘旋在上方的天空。或者像一只角百灵也行,起起落落,在天空划出短暂弧线的刹那间,能看一眼更远的远方。

我更想做一匹高大的野马。我常常看着它们从一个远方奔向另一个远方,天空为之倾斜,大地为之撼动,长嘶短鸣,草野荡漾。我掩身草野,只露出一双眼睛,看着它们远去又远来。有一匹野马经过时回头看了我一眼,使我脚下的大地瞬间成为深渊。我欲要跟着冲出去,却被草根绊了一跤……

我的乳汁充盈。我忍泪听着我的孩子嗷嗷待哺的哭声,把奶水洒向周围的大地。孩子,以后你来找我时,会看到这片草野中草木最为丰茂的一处——妈妈就在那里……

我既然在那里感觉过年轻,也当在那里感觉衰老。那里曾经给我一片又一片的荒野让我消失,又给我一条又一条的道路让我归来。那里有十二个月依次进行在一年之中,那里万物改变着四季,那里的日子一天天过去后再一天天回来。那里似乎在静待我的消失。而我真的要消失时,它又去到我将要再次出现的地方等我,并在那个地方的暗处睁开一双眼睛看我……我想站出来大声哭喊,它已先于我,在天空惊裂闪电雷雨……那里没有足够的悲伤使人流泪，那里也没有一滴眼泪是为着悲伤流下。那里沉静、漫长。那里长年累月地遥远在另一个人的视野之中……在那里，在那里……

我的秘密是我心中的爱情。我伏在这个角落里，努力掩盖保存的全部东西只是一个晴朗的夏日。而别的夏日也在一一来临，淹没它又把它浮起。它们一一来临，又在我面前一一止步，然后纷纷转身向秋天走去。只有那一天笑着留下来了，留在我全部的所能记起的岁月正中央，又去到每一处我拼命想象着的地方发繁枝，吐郁叶，奔淌大江大河，白天晚上地激动着，一声一声要求，强烈颤抖……

我想我也许不会一生都陷没在这里，只是走出去的那一天还在未来的日子里迟疑着要不要现身。我深埋脸庞，也在迟疑。更多的事情尚处于开端之中。这个开端如此之漫长、迟缓。几乎使人忘记了这只是一个开端而并非结局。

浮云落日，鸟飞天涯，天苍野茫，新月临下。风吹而草动，我站起又卧下，在这四处来回走动，又静静地侧耳倾听。

星 空

我仰望星空，寻找猎户星座。心里想象着星星与星星之间的距离。想着想着便不能挪动一步，又想到计算其距离的单位叫做"光年"。

想着一束光，是怎样穿过漠漠时空和难以忍受的孤独来到地球。让我睁开眼睛就看到了世界，用的也是光速。就那么一下子，一下子——只为了这一下子，光线在把万物折射到我眼中之前，准备了多少寂寞无边的岁月，笔直地，向我而来。

多少个那样的夜晚，我衣着单薄地站在雪地之中，寒冷而困乏。家就在身后敞着，可我一步也不能挪动。又像是在等待，好像有失之交臂的缘份将瞒着我在下一刻进行。我等待黑夜突然打开，等待辉煌的星空中那七颗宝石熠熠辉映，徐徐退去……等待一切终于抵至我的面前……

它说，它什么也没能给我带来，因为道路太遥远，太遥远。

我仰望星空，泪落盈盈。我想到我才是真的什么也不能做的一个，我才是双手空空的一个，我只能等待而已。而寻找我的那束光线此时仍向着我的方向跋涉……茫茫的宇宙，星星与星星之间微茫的引力，大片的星云，通向另一个宇宙的黑洞……找我的那束光线迷了路了。四处折射，交织，不时磕撞着上一分钟的自己……终于，其中一束挣脱出来，头也不回地跌入更茫茫的时空……像触角，一路茫然地感应着孤寂与毫无希望；像手指，就那样无限伸了出去，直指一个终于无法去到的地方……

它说，在漫长的旅途中，在独自年轻，又独自老去的日子里，它也曾不止一次地想到过放弃。

我仰望星空，想着那么多的星星，如何艰难固执地闪烁。一颗努力地去让另一颗看到自己。当一颗星星在闪烁，还有多少块体正在混沌中尚未成形，在虚无浩渺的空间中凝聚，逐渐显现出酝酿了亿万年甚至更长时间的形象，开始在暗处进行阻挡。终于太空中有一束光线被它折射,并成为它自己发出的光。标出它的位置,再指向另一处。在那束光未到达一处不能获知亦不能想象的地方之前,在众星闪烁之时,它依然黑黑地沉默地行进在迷途中。它准备了更多更不可想象的时间去寻找。它本身却还在原处,在自己的轨道上徘徊,看着自己的光消失向看不见的地方,期待那头的漠然长空中会有一双同样的眼睛将其截获,期待它被撞碰,转身回来,期待自己终于被发现啊……在宇宙中,再也没有什么比两颗星星之间的互相凝望更令人心碎……

它说它也曾怀疑,也曾犹豫,怕抵达我时,这一路漫长的沉默已经将一切准备好要说的话语变成了谎言。

而我仰望星空,看到的只有星星们闪烁的光芒。这是什么样的力量绽放出的微笑?谁的面孔,在这微笑后千疮百孔,伤痕累累?它们沉默,它们遥望我。它们遥望的我,又是怎样明亮的一点?

我仍在凝望猎户星座,那七颗历历清晰的星子,斜在雪野上方的天空。而银河在旁边喧哗,群星在嘈杂,星星的旋涡扰动起雪野上精灵的梦境,无休止地涌荡到凌晨。然而我深知,在这狂欢的深处,一个音符对下一个音符的期待是多么漫长；一个笑容对另一个笑容的回应是多么地犹豫。我们所感知到的紧凑急促的节拍中充满的全是星星与星星之间的惊人的距离……试想，在那些距离中，有多少路程还在丈量之中；有多少已经传递出去的信息和爱意远未到达，又有多少已经在中途改变了主意。另外，还有多少，仍不能被我得知，仍在向着我的途中默默坚持，直到渐渐绝望，渐渐地涣散、消失……星空把它的无限辉煌、无限华丽、无限奢靡喷涌向我的时候，让我感觉到的却是纷至沓来的一个又一个无边无际的、永远填充不了的、饥渴的真空地带……

惟有猎户星座，在群星中疏疏散开，浮在天际。像谁不经意随手点上的几痕指印，淡淡笼罩着繁华夜空中永远激动不安的孤寂……

它说，它总得让我知道啊……它曾经就这样，尝试着接近过我……

森 林

我们在森林里循着声音找到一只啄木鸟。

森林里荡漾的气息是海的气息——亿万支澎湃的细流汇成了它的平静与沉寂。我们走在其中，根本是陷在其中。上不见天日，下不辨东西。此间万物全都在被压抑，都在挣扎，在爆发，在有光线的地方纷纷伸出手臂，在最暗处——倒下。脚下厚厚的苔藓浓裹的汁水，是这空间中所有透明黏稠的事物一层一层液化而成的沉淀。我踩上去一脚，瞬间陷入深渊。

这森林，用一个没有尽头的地方等候着我们。隔着千重枝叶，目不转睛地注视我们的一举一动。我们迷路了，我们背靠着一棵巨大的朽木喘息。然后安静，直到沉静。森林开始用一分钟向我们展示一万年。我们站起身继续向前。忽有遥远的叩门声如心脏搏动般一声声传来，并且一声声地令一切沉下去，寂下去。我们回头望向那处，仓促间绊了一跤。等踉跄着站起身来，恍恍惚惚什么都乱了。血脉搏动与视线混淆在一起，触觉与味觉难舍难分，疼痛逼入了呼吸。我们想哭出声来，结果却是迈出了一步⋯⋯回忆与狂想缭绕着手指，攀行与摸索一寸一寸蚁动在腑脏⋯⋯不能停止，不能左右自己。巨大的孤独从我们脸庞抚摸到心灵——我看着这森林，惧骇深处全是忧伤。我想到了故乡。又想起了其实我没有故乡⋯⋯我们这是闯入了谁的命运？陷入了谁的痛苦⋯⋯环顾四周，发现四下里居然只剩我一人，不知什么时候走散了。

我大声喊着妈妈。我的声音四处穿梭，寻找，再空空地回来。回到我面前问我："妈妈？"我跑了起来，躬着身子，在矮枝条下、灌木丛中飞快穿行。头发和裸露的手臂被挂痛的感觉从远处暧昧不清地传来。那痛感更像是谁咦着嘴唇向脑子里呵气。我加快了步子。我已经想象到自己四肢布满伤痕地走出森林的情景⋯⋯那时阳光普照，我却丢失了我的母亲⋯⋯我扒开一丛灌木跳下去。爬起来，一抬头，妈妈正站在不远的空地上，看着我，竖一根食指在唇前。

在很久很久以前，我们就渴望有一天能够找到这森林的精灵。但是我们知道，在很久很久以后我们仍然还得这样平凡地生活。当我们站在河边的沼泽上，遥望横亘在眼前的绿得发黑的森林蜿蜒到天边。

我们想,这自然界中恐怕再也没有什么力量会比森林更为强大吧?只有森林蕴藏着熊熊燃烧的火焰,只有森林是天地间最饥渴、最庞大的火种。它在自己的梦中是一片火海,它醒来就灼灼看着在梦中已经被它毁去的世界。它四季长青,它没有迸出火焰却迸发出簇簇四射的枝条。它死去后仍没有忘记留下一片片橘黄、赭红——全是被焚烧后才会呈现的颜色。枯枝败叶的最后一笔激情便是极端的枯干凋残,便是等待,更为无边无际的等待。

我们湿漉漉地走出森林,像是在大海中被浪潮推上沙滩。我们筋疲力尽。我们最爱的那首歌,那首热烈、尖亢、激越的歌,它什么也没能点燃,它一出口便被湿透,一句一句地越来越沉重,一句一句坠落。我们只唱出一句,就忍不住泪水长流。妈妈……我们的歌声多么单薄,而世界多么盛大……这森林是火焰与海洋交汇的产物,是被天空抛弃的那一部分。——当火焰与海洋交汇,排山倒海,激烈壮阔,相互毁灭。天空便清悠悠地冉冉升起,以音乐的神情静止在我们抬头终日寻找的地方。而那些剩下的残骸渣滓,便绝望地留在大地上,向上方伸展着手臂,努力地想要够着什么……直到长到一棵树那样的高度,便开始凋零。

我们在说这森林。说了海洋又说火焰,惟独没有说这森林中一棵平凡的树木。于是我们离开时,它便在我们身后轰然倒塌,妈妈……这是这森林所能制造出的最大声响。这一声响彻山野后,剩下广袤的寂静。这一声不同于山风林籁的任何一声,这一声只喊一声,终生只喊一声。这一声之后,广袤的寂静只剩下"笃、笃、笃"叩门的声音。妈妈,那又是哪一棵树呢?我们找不到。我们找到的时候,森林将它的咫尺之遥隐藏到千里之外。

我们在森林里目送一只啄木鸟远去。

蝴蝶路

蝴蝶成群聚集在路上,我们的汽车开过,一片一片地碾压。我不敢回头看碾过的地方会是什么样子。我始终看着前方。前方雪白的蝴蝶成片聚积着,竖起千万双颤抖的翅膀。道路被装点得雪白灿烂,并且像海洋一般动荡。汽车开过的时候,大地一定在震撼,栖在大地上的蝴蝶一定会有强烈的感知。但是,又是怎样一种更为强烈的感知支配着它们?当汽车开过,仅有寥寥的几只忽闪忽闪飞起来,停在稍远的地方,更多的蝴蝶仍在原地一片一片地颤抖,痴迷而狂热。像迎接一个巨大的幸福那样去迎接巨大的灾难。——汽车终于开过去了。

而前方又是成片的蝴蝶。

我们由蝴蝶的道路所迎接,走进深山。从此迎接我们的是更为澎湃的山野。山野轻易地将我们陷落到不可自拔的境地。所到之处,一抬头就倒压下来的强烈风景逼我们一步步后退；但身后的万丈深渊却又迫使我们不得不在每一次的巨大惊恐面前向这惊恐再迈进一步。海洋的广阔不是让人去畅游的。而是让人去挣扎的啊……

雪白的蝴蝶，在这山野四处漫舞，像在激流中一般左突右闪。像被撕碎的一群，被随手扬弃的一群。这种蝴蝶不美，不大，两片翅子雪白干净。它们纷纷扬扬成群动荡在深密的草丛中，又像是一片梦中的语言。又像有什么东西正在无休止地经过这片草滩，惊扰着它们。

我们穿过蝴蝶丛走进森林。世界猛地浓暗下来。森林里面的每一块石头，每一只鸟儿都生长着树叶。所到之处，昆虫四散而去，寂静四聚而来。我们陷入一片幽暗恍惚的地方，而另一片更为幽暗迷茫的地方已经在下一步等着了。我们停住，我们迷了路。

这时，一只白色的蝴蝶从什么的深处，翩跹而来……

这蝴蝶的道路，铺在这山野秘密之处的边缘。虽然是路，却是阻止我们前来的路，一只又一只，用沉默，用死亡之前的暂生，用翅子的颤抖，用我们这样的生命永不理解的象征。我们的汽车碾了过去。同时，我们的汽车还把什么也一并碾了过去？

"蝴蝶栖在路上，"一个老人说："那么暴风雨和冷空气即将来临。"

但我们来临了。

我们跋涉山野，蝴蝶如碎屑般在身边随风飘舞，仿佛就是刚才被我们碾烂的残渣。又仿佛是刚才那群中了魔般的生命脱窍的魂魄。但不能称之为"精灵"，因为它们暗淡，纷乱，不能支配这山野的任何一处奇迹。它们残梦一般飘散在山野旁。而山野浩荡啊！是不是正是山野这种惊心动魄的力量才浮起了，沸腾了，撼动了这些轻薄得如灵感中多余的语言一般的生灵？

我们却什么也不能惊起。我们只能开车从上面碾过，碾过，一无所知地碾过……只能碾过而已。蝴蝶的路，盛大，雪白，隆重。本该由另外的什么去踏上的？在这山野中，我们多么渺小，多么无知。

童 年

我因爱上了一个人而爱上了她的故乡。我千里迢迢寻到那里,久久凝望她曾凝望过的山山水水,却不能往前再走一步。几十年的时光如一面透明的玻璃屏障阻拦着我,让我眼睁睁看着她走进一片浓密深茂的油菜地里。任我趴在玻璃上哭喊、捶打,泪流满面,却无能为力。

我喊出她的名字,使尽最后的力气撞碎那时光的玻璃,瞬间死去。

我死去后留下了我的双眼,去向更远的地方找到更多时间对她进行更长久的注视。后来为着这注视,这双眼睛之下逐渐生出一具躯体;它的注视则给了这具躯体以生命。这个人一来到世上,便笔直地走向她,和她共度了一生。

感谢长年累月陪伴在我们身边的那个人!那么多事情我们都忘记了,只有他替我们记着。我们的一切都在时间中一一改变，最后我们连我们自己都否定了，惟有他替我们忠贞不渝；我们死了，我们剩下的那部分由他来替我们活下去。在我们颠沛流离的这一生里，他一步也从未稍离。唯有在回忆中，我们会惊讶地看到他正站在我们身后偷偷地为他自己哭泣……

而他很快止住了哭泣，去追赶已经走出了院子的她，却没有追上。那个下午便十分地寂寞。那天她回家后告诉了他自己遇到的故事，他不太懂，也不觉得有什么好玩，只是一个劲儿地埋怨她不该丢下他独自去玩耍。这是他们生命中出现的第一道裂缝，让她初识了孤独。她很早就上床睡觉了，躺在床上翻来覆去回想那一幕可怕而惊人的情景。等她睡着后，那情景又一直延伸进她的梦境。

这里要提到的还有另外两个孩子，是一个小姑妈和一个小内侄。虽隔了一代，却仅相差两岁。其实只要是孩子，天大的辈分也不讲究。话说我们小小的主人公和那姑侄俩出去玩了一下午，先捉凤尾鱼和龙虾，后逮螳螂，然后挖地瓜。渐渐地觉得越来越没有意思。那个小姑妈提议去"杀猪"，立刻得到侄儿的响应。我们这个小女孩第一次听说这个怪名字的游戏，又好奇又向往。她说，她不会"杀"，但还是跟着一起去了。他们三人走进了一大片又深又密的油菜地里，金光灿烂的菜花在上空闪耀。小女孩恍惚觉得自己在干一件神秘的事情,而神秘的事情大多都是不好的,都是背着大人干的,比如偷樱桃,比如烤苞谷。他们走了很深,在里面压倒了几棵菜花坐下来,小姑妈说:你们俩个先来吧。小姑娘不知道"来"什么,没来头地慌张、惊恐。她一下子觉得世界上有那么多的事情都没能让自己知道。她反反复复说自己不会,还是让他们"先来"。她觉得自己连站的地方都没有了,她努力把地方腾出来,往后退着。然后睁大眼睛!万分惊骇地看到姑侄俩脱了裤子互相贴在一起……她好像想起了什么,又好像知道了什么,脑子里轰的一炸,天旋地转。油菜花从上空压覆下来。她手足无措,站在那里不知如何是好。她目瞪口呆,心跳如鼓。想走,又不能挪动一步。这时她好像听到那两个人中不知是谁嘱咐自己出去看着点人。这使她回过神来,捞着根救命稻草似的跌跌撞撞飞跑了起来。但不知道怎的,跑出油菜地后又不敢回家。既然说了让自己望风,就一定得在这守着不能走。她也不知自己哪儿来的这个义务,总之她在为一件可怕的事情保密,她身不由己。她站在那儿心慌意乱,胡思乱想,胆颤心惊。一时间不知该做什么。她想起自己是望风的,便踮起脚尖冲着道路尽头的三岔路口那边努力张望,希望赶快来一个人,好"交差",好逃……当她长大后回想那一刻时,觉得可笑不已。当时完全可以悄悄溜掉的,可她不,她要等待借口的出现,尽管等这个借口比悄悄溜掉更加无意义,那时她还是多么小的孩子啊……

总之,后来三岔路口那边总算隐隐约约出现了一个人影,又好像不是。她如蒙大赦,大喊一声:"人来了!"自己拔腿先跑。后面的油菜地里也跟着慌慌张张地"窸窣"起来。她什么都不管了,跑过蚕豆地,跑过水稻田,跑过一条又一条田埂,跑过整条山沟,翻坡上坎,往家跑去。或是往家逃去。她边跑边哭,好像真的被吓住了,又好像受了什么委屈。——多么可怕的一件事情!那两个小小的孩子,小小的姑侄俩,女孩七岁,男孩五岁……他们做了些什么?我们这个瘦小单薄的女孩高高站在垭口上看着下方田野间那些分散的潦草的院落。这寂寞的乡村间,还有别的什么在暗处孕育?

她的一生中第一次出现了孤独。

更为孤独的是她将一个人去面对自己小小的伴侣。她一个人绕过莲叶初覆的堰塘,穿过菜园和竹篱小院,走向自家的茅草房屋。一跨进门槛,看到堂屋正中央供奉的牌位几十年未变……她后来怎么也不能停止回想那个飘忽而忠实的伙伴。她一直在想,假如那个下午自己回家后他已经不在了,永远地不在了,那么时间过去后,自己在剩下的岁月里还能记起这个人吗？如果这人陪伴了自己终生，一直到最后，在那些世界既成事实的日子里才离开，永远地离开，那么，她会像做了一场大梦，只是像做了一场大梦。他到底是谁？他好像只是依附着她的记忆和需求存在于世上，模糊、纯洁、认真，并且因爱情而充满了感激。而她血肉丰盈，爱恨俱全。当她还是一个孩子时就知道了一生的事情。他们一同启程，牵手共同面对前方茫茫一生。他们走的时候没有想到自己正在永远地离开。他们走了很多年，一个愈加不真实，一个也开始恍惚飘浮。直到有一天，她又听人说起童年时代那姑侄俩的事情。那时那两个已经长大了，各自成家了，但仍然继续有来往，为人所恶齿。受尽唾弃与鄙夷。他们放肆得如百事不晓的孩童。

　　她这才一下子感觉到那么多年都过去了。

　　她想起另外的一些更为缓慢的时光，想起清凉青翠的竹林里，娇艳灿烂的刺芭花处处绽放。竹林尽头的石磨梦一样静着。后来石磨转了起来，隔壁子么哥一圈一圈地推，把泡好的糯米一把一把灌进磨眼……他不停干着，不时冲着她微笑。最后他停了下来，走过去对她说："平儿，平儿，我们去睡觉吧？"……

　　……她一面想着一面落下泪来。并感觉到同那时一般的悸动和胆怯。她的伙伴在她身边熟睡,她轻唤了他一声。他的名字冰冷如铁。

我们要反复感谢那些陪伴了我们的一生的人。当我们像孩子一样蛮横、不客气地把他的一生像过家家一样摆设进我们的一生时,他却像孩子一样毫不多心地、真诚地信任你,依恋你。我们的错误只有他能够原谅,我们的无礼只有他能容忍。感谢他——再说一次感谢他吧!请等一等他,在回忆中,让他继续跟上,让我们继续站在一起,迎风居高临下于眼下的空茫的情景——这情景既像是未来,又像是过去。正是它收容着我们童年四处飘荡的幻想和渴望,聚积而使之成真;或者将它们掷向更远的地方,使之成空……那就是我们的故乡。

而我,假如早知我会爱上她,那么我便会早早地准备好足够的时间去展开一个最恰当的开始。我要去向那个开始,在那里去等她。我要亲眼看到她的降生,并在那个时候就抱着她,含泪说出爱她的话。我要一天也不错过地经历她的整个童年时代,她人生之初的每一丝感触我都要亲尝。就这样,我看着她一日日蜕生出使我多年后的某一天突然爱上时的模样,这才放心离去……假如是这样的话,假如是这样……

可是，关于她的一切我一无所知，她的令我深爱的那些东西，如同无本之木一样挺拔、苍翠在种种印象之中。我都不敢再多爱一些，生怕一切会坍塌。我曾经想过，要穷尽剩下的生命来弥补被错过的时光，也想过要穷尽这生命去挽留她在她的迷途中。可最后，只能默默收拾行李，穷尽剩下的生命，去向她想去向的地方，在那里等她，为她筑起房屋和家园，等待她的到来，等待我们最终相遇。我就这样做了，但一经启程，便迷失了方向。

我们永远不能再拥有第二次童年了，怎么会再有第二个故乡呢？后来那些也曾进入我们生命的一处处所在，只不过给过我们爱情或财富的地方。我们一天天长大，一天天改变，我们的心灵之旅渐渐超越了我们的脚步所及之处。真的，再也没有故乡了……再也没有比童年更为漫长安静的时光，以便能长久专注地依恋于一处。人的成长是一种多么可怕的离开啊！这种离开，令身边的、心中的一切都在片刻不停、昼夜不舍地远去。这一生已成定局（也许还能在回忆中去反复琢磨、发现、修改）。惟一的机会早在我们的童年，在我们蒙昧无知时，在我们对世界的美的最初感动中就草率匆忙地用掉了。只凭莫名的感激和喜悦，去安排了今后的生活。然后毫无办法地顺这条路走下去。但是在行程中，我们总一次又一次地感谢他和他们——我们最初的，最可靠的爱情，我们最后的退路，慰藉我们的唯一温柔。他的痴情一点一点叹息着泯灭我们的自私。再说一次，请不要离开他，他是我们走出童年后始终不曾放手舍弃的最后一部分。

那么童年到底给过我们些什么？令我们长大后一遍一遍去回想，那些遥远的，遥远的好像从不曾有过的日子……双手空空地回想，不时记起一些细节，不时微笑，并不时地后悔……再想，再想……这种一直持续到最后时光的"想"，令我们的童年长于我们的一生。

可能我并非如我所想所说的那样爱她，真正爱她的人还等在她的童年之中不曾长大。而我，我什么也不知道，她更是不知道有关我的更多的东西。我们的相遇是很多年以后的事情了。很多年后，很多事情都过去了，很多年后的世界一片空茫，让人不知如何才好。我又想起了我自己的童年，同样不可更改的童年。此时正在过去的时光中，令另外一个人孤独。而那些因爱我而去寻找那个地方的人，此时全在迷途之中……再也不会有人靠近我了，并静心听我说——

假如童年不喊我一声就来了，不喊我一声就走了，那么我会在一生中剩下的哪些岁月里长大？如果童年不肯收留我们的四岁、五岁，还有七岁八岁，十岁十一岁，那么它们将流浪在哪一个我能记得的日子里？如果童年就这样把我们送走了，如果童年就这样把我们送走，如果，如果童年这样，把我们——送走啊……

我们能去向哪里呢？

暴雨临城

我猛地推开窗子,痛哭出声!于是雨刹那间倾盆直下,席卷我的悲哀而去,像一条平静深沉的大河,带走波涛泛滥的支流。我把身子探出窗外,伸一只手插入雨幕,然后这手握住了另一人的手。闪电惊雷在我们之间乍然惊裂,我一下子看清了他的容颜,心中焚起狂喜的火焰。我要飞!他拉了我一把,我便从这窗口跳出——再见了妈妈!跌落下面无底深渊的,只是我的躯体,而我的灵魂,从此在宇宙的每一个角落,自由地遨翔。

我将去到这个城市的一万年以后,并且令暴雨也持续到那时。那时一切都沉默下来,只有我还在歌唱。一切都已经忘记,只有我还流着泪把过去时时想起。一切都已经结束了,只有我正刚刚开始。我从自己的身体出来,以青春的形体踏上大地。我一路行来,顺雨水指向的方向深入这个城市的记忆。那里遍地都是锈迹斑斑的阳光和月光,我打磨它们使它们锃亮如初，再将它们粉碎。我离去时会将这些粉末撒在身后，给这个城市留下重重的线索。只是我忧虑这雨水冲走的会比我想象的更多，这个城市大约不会再找到我，我也将失去回头转行的路标。这是一座空城，处处却充斥了心跳搏动的韵律，堆积着被劈断折裂的视线。在街道的拐角处，还遗落着只言片语。我感觉有人正从背后默默注视我，回过头却看到一棵大树刹那间坍塌……

我后退几步，腾空而起，像鸟，像鱼，离开自己的身体。我走了很远很远又回头看，看到我的身体在原处蜷成一团，搂紧膝盖，埋藏脸庞……突然间想起这正是子宫里婴孩的姿势。恍然大惊！这时风雨中有孩子的啼哭声四起。我站在高处四顾，看到雨的滂湃之处冲荡着一个关于童年的故事，喷薄着一些有关她的，小小的，微弱的欢乐。我流泪吻了她，目送她向深渊跌去……我仍继续上升，仰起脸任狂风暴雨冲击我的声带却不能发出一声。城市的建筑物在前方慢慢散开、放大、临近，使我又觉得自己是在下坠。我的四肢无限地延伸，除了如注雨水却不能触及一物。于是便扑向那城市，渴望有巨大而真实的疼痛来击碎这梦幻交加的一切。我闭上眼，风雨在耳边呼啸，刹那记忆被擦亮，他看我的目光于恍惚间一闪而过。我惊醒，自己仍在下坠，却早已经穿越了这城市。——我和这个城市，究竟谁是幻影？

积雨层仍然黑压压地堆积在上空，伸出的手仍然空空探在窗外。我已忘记此时应是过了多年还是片刻之后。不管怎么样，这一次，暴雨真的就要降临这个城市了。

孩子的手

孩子的手在尘土中，手指撮在一起，像一个神经萎缩的瘫痪病人的手。每一根手指既不能伸直，也不能攥紧。就那样撮着，像捏着一小把尘土，又像仍牵着父母的衣襟。

远处走来的队伍是另外一群孩子。走近了，尘土漫起，我们看到他们疲惫不堪，游丝一般的三两声合唱偶尔能高亢一两句。为首的一个孩子斜扛着的红旗上写了几个艳黄色的大字。这么多年过去，我们已经没有人能记得那几个字了。我们曾亲手把那几个字从记忆中一笔一划抹去，那些残渍剩迹，也被流着泪生吞硬咽。我们撕裂着心肠把往事忘记，直到有一天，我们中有一个挣扎着死去。

如此长距离的"拉练"是孩子们不太理解的，更何况午后是那么沉闷酷热。领队的胖胖的女教师尖声催促大家加速，并不停对扰乱队形或掉队的孩子进行点名。而队伍末那个年轻的男教师则走得比孩子们更加有气无力。这时，他们离那只孩子的手越来越近，越来越近。

打头的第一个孩子浑然不觉跨过去了，第二个也过去了，第三个，第四个……队伍前进着，孩子的手在腿脚缝隙间伸着，又像是在呼救。这时其中一个孩子拖拉着长长的步子划过去，把手踢到一边。后面的男孩低着头走路，看见时忍不住也跟着踢了一脚。再后面的孩子则小声叫了一声："一只手——"从此，那一声轻轻响在我们剩下的岁月里，在日日清晨，唤我们醒来。

队伍轻轻骚动了一下，又没什么反应似的继续向前。只是一只又一只的小脚开始有意识地，好奇地踢弄着它，让它随着队伍前进了一会儿。一个矮个子小女孩绕着它走了过去，另一个女孩则弯了腰细看一眼——"就是一只手……"她确认，并站直了后退一步。后面跟上来的男孩走上前把那小手拾起：

"报告老师，这里有一只手！"

队伍一下子乱了，所有人围上来，但气氛却并不因此而热烈半分。最多只让人在疲乏中感觉到一丝清醒。后来这一丝清醒在我们每个人的弥留之际又出现过一次，引我们的生命在无休无止的梦境中消失。

胖胖的女教师扒开人群进去，抓过那只干枯的小手看

239

了一眼:"看什么看,有什么好看的!一只鸡爪子而已,大惊小怪。排好队,继续前进!"那手被随便一扔,跌到男老师脚边。他迟疑了一下,想要做什么,但是又迟疑了一下。

队伍继续出发,在尘土中消失向远方。依旧饥渴,依旧疲惫。

只是我们的一生都被扰乱了。

只有细细观察过那只手的那个女孩,从此再也没有忘记当时的情景。所有人中只有她坚信那真的是一只手。但在后来的日子里她已经无法为此站出来大声分辩了。一切说过去便过去了。那支队伍越走越远,只有她还在频频回首。

她长大后养成的习惯就是无论对什么事物都观察得异常仔细。那时她常常兀自出神的模样得到另一人的爱慕,就是那个爱低头走路的男孩。而他总是沉默,总是什么也不说。他在她课本里夹饭票,帮她完成打土坯、摘棉花等种种支农的劳动任务,下乡时帮她扛行李。但从来不看她一眼。他总是低着头,默默付出。真的,他差一点就得到她了,她几乎就要答应了——就在那时,他抬头看了她一眼。

后来他双目失明,不知去了哪里。

……那样多的过去的日子,不知还有谁能够记起,还有谁的眼睛能够看得到——那时的西瓜地像海洋一般在脚下起伏动荡。年轻的两个人坐在悬空高高架起的瓜棚上,一声不吭遥望远方。瓜地真的动荡起来,瓜棚在海洋中沉浮、漂泊。女孩想抓住什么,伸出手却赫然发现自己的手是萎缩着的,手指微微撮在一起。她转身跑下瓜棚,冲进瓜地。

不久后她结了婚,婚后很快有了孩子。孩子难产,使她在痛苦中挣扎了二十多个小时。她幻觉重生,她觉得她只是在为一只小手准备一个新的躯体。那手突然五指张开,灵活地从另一个世界伸来,一下一下撕扯着自己。终于把自己撕成碎片时,一声嘹亮的啼哭将她从二十年前的一个下午拽出。她流下泪来,伸手握住了孩子的手。不久后她和丈夫离婚,独自抚养小孩。她将一生孤独,因为她独自忍受着一个秘密。

而前面提到的那个矮个子女孩,却一生都在爱情的惊涛骇浪中翻滚。她曾经是个温柔随和的孩子,可不知什么时候起突然变得总是暴躁不安。她没有一刻平静,她站起又坐下。焦虑、慌张,满房间来回走动。突然推开门准备投入什么,却又一下子把门拉回来关死。她犹豫不定,她什么都不信任。她一头扑在床上痛哭,然后起来换上最漂亮的衣服靠在窗前唱歌。

她留给我们的记忆中充满了歌声,后来在那些歌声渐渐散失的日子里,她本人才一点一点浮现出来,她的眉目渐渐地清晰。一旦清晰了,她就死死地盯着你看。她并不漂亮,甚至是阴沉的,可被她盯着看过的人总会失神落魄半辈子。她眼中有着深重而巨大的缺失,好像是把生命的全部岁月都空了出来才会有那样的缺失——吸吮一切的缺失。并在其中燃烧着火焰和饥渴。她咬着嘴唇,轻蔑而怀疑地看着那人。哪怕过去了很多年,那人仍时不时陷入当年的注视中,心慌意乱,抬不起头来。

她总是在掳掠,总是在拒绝。她把他们的誓言、骄傲、真心、名誉和苦苦哀求统统逼迫出来,再一把抓过来揉成一个小纸球,鄙夷地弹开。她从别处走来,眼睛往人群里一扫,会使在场的每个人觉得自己孤零零地站在无边无际、无声无息的荒原上;或是突然从人群中空缺、消失。男人们怕她爱她,女人们怕她恨她。她慢慢绕过人群走开,却又像是穿过人群走过。她使他们彼此间被分开,使他们相隔得远得一个望不见另一个。

后来她年龄渐渐大了,组织上希望她能和某个领导组织家庭。那人是有名的老光棍,在开发边疆艰苦的劳动中荒芜了青春。团支部书记找她"谈心",一次又一次,言辞先委婉,后严厉。开始她当然不愿意,不过后来还是愿意了,不知道为了什么。那么多的事情我们都没法知道,时间过去的时候总是把我们不曾留意的东西全部带走。

她和他穿过一大片戈壁滩步行向新家走去,很久后看到了远远的麦地、葵花地和更远的房屋。她突然哭了起来,一屁股坐在路边的一个土包上,说什么也不愿意再往前一步。她的丈夫细声细气,好言相劝。她却只是哭,只是哭,只是怨恨而恶毒地看着那个老人。后来,他只好背起她走完了剩下的路。

她俯在他肩上,孩子一般抽泣。

那个老人过世后,这个上了年纪的女人更加地孤僻阴险。她每天在小广场慢慢走来走去。双手紧抓胸前衣襟,一步一步试探性地挪步。她身板挺得笔直,走得也笔直。她这样走着,让人感觉到她是在笔直而小心地接近什么东西。有时候她停下来,向某处看去,动了动嘴唇,站在那一处的人便落荒而逃。她疯了。

她疯了以后却终于爱上了别人。她四处尾随着那个小伙子,人群中灼灼地看他,使他暗自好笑。他便故意口口声声"婶子"、"阿姨"地叫她,提醒她。后来他为自己的这种做法付出了代价。有一天她推开他的门进去了,他不知怎么的竟没拒绝。最后看着她整理好衣服绕过自己走了，就像绕过的是一个坟墓。从此他惊恐一生。只有他知道她真的是个疯子。

还有另外的两个男孩子。他们到底与那只手有着什么样的接触我们忘了。连他们自己恐怕也不记得了吧。和其他大多数小孩一样，他们的童年记忆过于丰茂。他们是好朋友，一起在成长的激情中长大，毕业后分配到同一个生产队，劳动中被同时保送进同一所学校进修，甚至后来同时爱上了同一个女孩。

在他们宿舍周围，是一大片云锦灿烂的罂粟花田，这可能是他们青春生活最明朗的回忆。他们白天黑夜地在花丛中生活、学习，目之所及，手之所触，尽是无法言诉的艳美。多少次他们沿着花丛向采摘园中的那个女孩走去，看到她腰间的围裙里满满兜着大烟壳子，抬起头来微笑。

那样的日子，阳光像是在生长，星空像是在倾覆。两个年轻人满脑子奇妙的想法。他们一夜一夜地不能睡觉，好像有一只手在抓挠着自己的心。他们彻夜长谈一些纯洁而不能为彼此理解的话题，谈完后激情犹在。黎明时分仍兴奋不已，忍不住一个推醒一个，朗读自己永远无法寄出的情书。他们等待着什么的发生，他们满怀信心。

对了，有好几个人声称在沙枣林那边看到他们，都是在夜里。顺便说一句，那片沙枣林其实是一片墓地，随便埋葬着一些夭折的孩子。有人看到那两个年轻人把新埋的婴孩尸体挖出，用锹，用棍子，架起那小小的人体使其做出种种动作来——"站起来！""坐下。""躺着。""趴下！"——还满不在乎调笑着。等玩够了，再把它重新埋好。下一次又挖出继续玩弄……

很多人都这么说，但大家都不以为然。也许他们不相信，也许他们相信，也许他们心中也有种种难以言说的骚动，把他们从白天驱逐到夜晚，带领他们深入一个个不为人知的角落，无声地，兴趣盎然地玩着各种令人难以置信的游戏。茫茫长夜吮含了他们孩子的心性和成年人的渴求，茫茫长夜为此闭上了双眼。

后来有一天，这两个人中的一个突然焦躁不安。他发现他什么都不能明白，他做什么都是在沉默，他被抛弃了，他要站出来，他要说话！他毫不犹豫写了大字报。他热血沸腾。

而另一个却想起了很多往事，想到最后竟怅然了。他也在领导的特别授意下写了，只是内容尽量模糊主题，避免提到被点名的那人。为此他绞尽脑汁拼凑了不少时下流行的口号与报纸上看来的东西。两张大字报贴在一起，两人才惊觉自己和对方的极大不同与极其相似。批斗会上，那个被批斗的女孩子慢慢垂下惊恐的双眼，深深低下头去。后来有人看到她一个人独自走进了那片灿烂绚丽的罂粟花田，从此再也没有出来。从此再也没有人，看到她腰上兜着鼓鼓囊囊的大烟壳子，仰起笑脸望向蓝天。

好在那两个年轻人并不觉得自己做错了什么。那种铺天盖地的批判中被淹没的不仅仅只有两张纸条。他们还是那么年轻，随时都在准备开始。哪怕已经来到最后时刻还能相信自己还会再有一场全新的开始。只是，永远无法忘记的那一天的那件事，想了很多年才似懂非懂明白了些什么。又过去许多年，有一天其中一个人突然叹息了一声。那个女孩子的微笑实在令人不安。

养路段招工的时候，他们其中一人自愿去了。临走前两人见了一面，出于开玩笑相互交换了彼此最后的秘密。却是一样的。那不是什么秘密，那是被生活忽略过去的零碎片段。他们相互竭力倾诉的时候，正是他们竭力隐瞒的时候。然而并不能因此就认为他们很虚伪，他们只是孩子，只是孩子。他们一生沉默，除了年轻时的两张大字报，他们一生什么也不曾表达过。孩子的手轻轻抓住了他们。

我实在不愿意重提那个年轻男教师的故事。那是我们中的每一个人都知道的故事。但没有谁比我知道的更多，因为所有人中只有我在爱着他。我隔着重重的时光遥望他在他的每一天里慢慢地生活。又好像是我亲手造成了他一生中的每一次选择：在最不应该的时候从他背后推了一把；在他决定后悔，决定回头时死死拽住了他。这么想着，我的生命就停止了前进，一步步后退着，最后终于越过了我出生的那一天，向他喜悦地靠近，却随之坠落深渊。我不认得他。

我去向最开始那些孩子们经过的那个地方。人已经全走完了，我站在空空的场地上忍不住落泪。我想我可能就是他们其中一人的孩子……他们把我留在另外的时间里去成长，却又把自己走过的路一步一步重新展开在我路过的每一个地方。然后全部离开，留下我一个人去面对那只孩子伸过来的手……我若还剩下些什么，定会全都给它。随它就那样无所谓地去撮着、捏着，在风中一点点扬弃。可我没有，我翻遍口袋，一无所获，只好拿自己的手握住那手，并含泪致歉。那手便牵我从记忆的一些片段中离开……我一步一步回首，爸爸妈妈，你们全忘记吧！让我来替你们记着……你们走吧，我会替你们留下来……我会踏上一条通往过去的岁月的路，找到那一天。在你们到达之前，在你们路过的时候，把我的手也放在那里，对你们进行挽留，爸爸妈妈……

……那个年轻的教师，所有人对他的描述大相径庭。而我更留心的是他们因自己本身的不同遭遇而加在他身上的不同细节。我在暗中收集每一件过去的事情，我要发掘出一个在人们残剩的衰微的印象中闪烁着的，一个暧昧其词的、不确定的人的完整一生。我要创造出这么一个人来，以表达我对他的爱意。

在我对他的了解中，他不过也只是个孩子，一个大孩子，正处在伸脚跨进青年人的行列时却稍稍犹豫了一下的当口。这个阶段的人最容易进行各种各样的犹豫，就像一个孩子总是在进行各种各样的拒绝，一个成人总是在进行各种各样的接受一样。就在那时，他遭遇了那只手。——那应该是我的过错。那是我在他生命中设下的第一道障碍，原本只是想让他尝识悲哀，好快点长大，可没想到竟会永远地留住了他……我永远都不能了解他。一个人的想法穿越几十年的时光传递给另一个人时，总会有所改变吧？可能我所知道的那些只是我想知道的，而不是他想令我知道的——这个突然出现的念头把我原先所有想法统统打乱。使我惶恐起来，不得不把一切收回。并一遍又一遍地重新去回想那些孩子，回想他们中每一个人的面孔……我发现我一个人也不认识。——这多么令人孤独……我们活得无凭无据……还有他，那个让人心疼的大孩子，自己一个人尝试着成长，一个人默默保存自己成长时光中的细节，一个人去翻来覆去地记着，一个人，在弥留之际眼睁睁看着它们随风飘逝……真有这么一个人存在吗？真有这么一个人存在吗？……其实，我所知道的也并不比你们更多。只是从此我将会为新的一种想法所忧虑。请原谅，他的故事我没法继续讲下去了，干脆就让我越过所有，直接把这个故事的最后部分告诉你——终于有一天，他把一个女学生带进了一片浓密无边的苞谷地……

他被执行枪决的时候，团场各连队、机关、学校工厂都派了代表前去参观，黑压压的人群挤满了广场。我想找到那些人中的每一个，问他们真的认得他吗？问他们知不知道这个倒在血泊中的强奸犯曾经是怎样被一只孩子的手索去了自己珍藏一生的东西……

我们的叙述不得不提到那个胖胖的领队女教师，因为她至今还活在我们中间。上街去买菜、做头发、看电影什么的，时不时总会碰到她。好像所有人中只有她才是真实的。我也问过她关于那只手的事情，只问了一遍就再没问了。那不是我想要的回答。她只向我提供了可能与那只手的来历有关的大约两三种猜想。除此之外没有更多的感想。就像她当初对孩子们一口咬定那是只鸡爪子一样,她关心的东西和孩子们关心的不一样。

是不是只有孩子的心灵所承担的记忆,才能完整地打开过去生活的另一面以及未来世界的出路?那么我们小时候究竟看到过什么,才使我们后来的生活处处充满线索,时时触碰我们的记忆,标示我们来时的路,等我们有一天回去。而这种"回去"却并非像一个年老的人在回忆中的那种"回去"。我们远未老去啊!还有更多的未知时刻在等待我们从此时消失。那到底是怎样的一种回去?日夜指引我们去向一个孩子的手指向的地方,强烈地暗示。可是我们什么也不懂,什么也不能得知,我们在那一处徘徊的时候,日子便从我们让开的地方一天一天过去。

为这个女教师的一生作一个简短的回顾吧。她当年是穿戴有领章帽徽的正式军装进疆的,何其光荣啊。可经历漫长荒凉的行程后,她莫名其妙地由十七八岁的少女成了别人的妻子。后来有了学校,她就成了老师。二十年后,流行离婚那会儿她离了婚。又过了十年,流行下海,她就辞职下海。至于这两年的流行就没法跟上了。于是她这一生便只出现了这么四次较重大的事件。其他变化只有一年比一年胖,一年比一年老。其间我们找不到任何一处被那孩子的手抚摸过的痕迹。当我准备放弃时,却突然听她说道:"我们这代人,这一辈子活得真冤!"很令人心惊。我还是不能去了解一个人,哪怕是最简单的一个人……

我总是这样节外生枝。总热衷于替别人发现他们生命中连自己都忽略过去的小细节。我总是坚信,唯有那些零碎杂乱的小东西,才能强调一个被囫囵概括过去的人最不情愿的、最真实的想法。虽然微弱、不确定,但那么固执,不愿放弃。我把它们记录如下:

……有一次,这个女教师也曾真心爱过一个人……她曾被一个女学生写沙枣树的文章打动过,并想起往事……她也后悔没有好好对待过前夫……在年轻的时代,在进修期间,远离家庭的日子里,她夜夜跑到学校附近种地的河南女人堆里,通宵达旦地打扑克,玩"双Q"……灯泡昏暗,满炕狼藉。一屋子女人光着膀子,大口喝着自酿的啤酒……那样的日子啊……

——所有人中,活得最好的只有那个失去了手的孩子。因为只有他什么也不知道,仍在童年中快乐地游戏。在那些我们无法抵至,亦无法想象的地方,高高扬起另一只健康可爱的小手,向着我们的世界,如小白马一般欢快喜悦地跑过来,跑过来……跑过来,让我们赫然看清,他正是我们自己的孩子……谁在愚弄我们。

风雪一程

最开始,那个少女看上去完全正常。她口齿清晰,神色清醒。她要求离开这个地方到另一个地方,我们这位年轻的司机怎么劝阻也不能使她放弃主意。她说她父母病了,她急着去城里看望。她愿意出十倍的价钱包车,这使他动了心。他犹豫了很久终于载上她驶进了茫茫风雪之中。

那时天地间呼啸轰鸣,雪屑横飞,风势慑人。车驶出村口的林带,刚进入戈壁滩,空气能见度猛地降了下来。加之公路被积雪埋没,车只好下了路基,沿着被大风吹开的雪薄之处,沿着微微露出的泥土痕迹曲折前进,并且离公路越来越远。他几次与那女人商量,回去算了,等天气好一些再出车。可她态度坚决而焦虑。她不停地催促,他火了。他把脸凑近挡风玻璃,吃力地辨识着眼前白茫茫的世界,慢吞吞地,慎之又慎行进在漫野的狂风暴雪之中。

一个半钟头过去了,汽车还没驶出村庄五公里。天色慢慢暗了下来,而风势越发强劲,漫天卷起的雪雾好似滚滚的浓烟。他害怕了,他不想玩命,便不顾那女人的反对调头转行。

突然她惊叫起来,猛地扑上去抓住方向盘,苦苦哀求。他开始被吓了一跳,继而给弄得心烦。他告诉她,不收她的钱了,算了,改天再走。可她不依不饶。他真的火了,硬生生掰开她的手指。她又一声尖叫,转身擂打着窗玻璃,喊着"爸爸妈妈",又突然打开车门扑了出去!他大惊,连忙调转车头追赶上去。一时间风弥雪漫,寻不着那女人的去向。他不停按着喇叭又跳下车去查看,恍惚间刚发现一个人影,风雪就立刻把影子卷没。他钻进车朝那一处追去,在雪地中沿着泥地边缘的雪线左绕右绕,好容易赶到。那女人正顶着风,一步也无法前进。他把这个疯狂的女人拖回车中,不顾她的大喊大叫重新掉头往回赶。他一边开车,一边恶狠狠地斥责她,吓唬她,令她放声大哭。她又许诺出二十倍的车钱,只要他能带她走。他真想往她脸上扇几个耳光,而那张脸上满是泪水。

天色越来越暗,真正的恐怖笼罩了下来,这个世界似乎在狂风中即将崩溃坍塌。他开得更加吃力,脸几乎贴在挡风玻璃上,一急之下终于迷失了方向。他下了车,顶风走了一圈。再回到车上时那女人已经不见了，车门大打而开，在狂风中剧烈摆动。他大惊失色，艰难地围着车绕了一圈，什么也看不见。他骂了几句，跳上车边开边找，好在不久后就看到了。那女人不要命了似的，连滚带爬在风雪中摸索。风势稍减弱的瞬间会看到她散开的一只发辫像一束火焰在风中狂舞。可是她行进的地方汽车无法通过，于是又过去很长时间汽车才绕到她前方把她截住。她转身还想跑，年轻的司机已经跳下车抓住了她的手臂。他们在风雪中扭打成一团，最终女人还是被拖回车上。

当她第三次再跳下车夺路而逃时，他觉得自己的忍耐已经到了极限。真是莫名其妙！自己在这样的天气里做着一件什么事情？他干嘛要管她？她是他什么人？他又不认识她！而且她自己也那么说，她也叫他别管她，反正谁也不认识谁。这不可理喻的任性疯女人！理她干嘛？有什么意义？尤其在这种风雪之日，自己像个傻瓜一样冒死开车追一个疯子……但他还是第三次追了上去。这时他们已经来到公路的路面上，好在这一段路地高，不曾积雪，只有一些薄薄的扇状积雪一片一片散开。她不要命似的跑，像逃一样。让人根本没法相信她这是为了什么"爸爸妈妈病了"的原因。一个人再急也不会急成这样，能让人成为这个样子不可能是"急"，只能是"恐怖"。她在害怕什么？她想逃离什么？她被这风雪吓着了么？她被他吓着了么？他活了三十岁第一次碰到这种事情。他咬着牙加足马力，真想把她撞死！这个念头只闪了一下，就吓坏了自己。再一想，若真杀死了她还真没人知道。这样的一个下午，本来就没人看到他开车出村。那时人人都在家中躲避风雪，只有这个疯女人在外面满村找车。再说也没人相信他会为一点钱冒死出车，在这么吓人的天气里。他乱七八糟地想着，他觉得自己也疯了，又觉得这世上除了自己已经没有一个人。他追上她，第三次把她拖上车，一手按她在后排座上，另一只手找了根绳子把她手脚捆住。那个女人看上去挺单薄，力气却出奇地大。他们搏斗似的拼了好一阵子命。风在咆哮，雪在狂飙，温度急剧下降。天黑了下来，车里车外满世界都在挣扎！

后来他重新发动车子向村子的方向摸去。两人一声不吭，这使他在愤怒中感到一丝可笑。这是什么意思？折腾了三个多小时再原车开回去，这算什么事情？从此后就没事了吗？什么已经结束了，什么还在继续，什么永远也不会终止？还有什么，正刚刚开始……这样的生活诡异多端，不知它想告诉自己些什么。还有，一个三十岁的年轻男人和一个二十岁出头的妙龄女子，原本可以共患难、共依存、共信任。他们不知为了什么互相抗击，他们双方完全陌生，彼此既无恶意、仇恨，也无友谊、爱情……他有点惆怅，觉得还应该做些什么。他回过头来看她，惊觉那女人眼睛暴出，嘴角抽动，四肢痉挛，喉咙里发出来类似于咒骂的声音……一个真正的怪物——就是他风雪中冒死救回来的那一个。他做了些什么……他错了，他给她带来的才是死亡，他永远也不认识她……他感觉到前所未有的陌生和孤独。它们一阵一阵潮涌般从窗隙门缝涌进，充满了里面的空间，又层层叠加，越发浓郁，使他一句话也说不出来……

汽车终于平安驶回村子，那女人被送进派出所。她的父母来领她回家时，再三向这位年轻的司机道谢。人全走完后，他开着车，一时没了去处。夜已经很深，更猛烈的狂风暴雪已经降临。

南戈壁

我从喀姆斯特,为你带来一把掐掐花。请把你的城市敞开,请在我前来的路上洒遍阳光。

请,请把所有的疑问都放在心底吧!看到我浑身斑斑的血渍请露出你的笑容。请与我一同大声背诵那些被爱过的诗,请说:

> 我来了
> 你却转身就走
> 翻山越岭
> 为我寻一处水域
> 你回来的时候
> 合拢成碗状的双手湿漉漉的
> 你流着泪对我说你什么也没能给我带回
> 道路太遥远,也太艰难

我曾把"喀姆斯特"唤为"苁苁草的海洋",并怀着这个美丽的名字走遍南戈壁。左边是日出,右边是日落。漆黑的公路像是一根钢针,笔直尖锐地扎入蓝天。

戈壁滩就用这漆黑的公路,扎穿我在无边的旷野。我的每一步都是这钢针在我体内的移动。我疼痛无边。我远远地看到了喀姆斯特……但只是把童年的自己留在原地,远远对它行注目礼,我却远远地离去……妈妈……我喊了一声便再也说不出话来。突然想起有人曾问过我:为什么我总爱一头扑在大地上痛哭。

多年以后,请收集我的残骸,埋葬我,在东公路三百八十公里处。如果还有掐掐花愿意开放的话,请把它们栽种在我坟墓的四周。

请这样埋葬我:拨开我脸上的乱发,露出我青春的额头;请抚平我褴褛的衣衫,在我襟上别一朵最大最美的黄色花朵;请吻我的嘴唇,然后把泪水滴落我的手心。最后请离开。我会在地底深处凝视你的背影……那是我最后的行走。在这片无边无际的荒野中,我最初的行走也是这样。后来我有了双腿,便从地底深处站出,高出大地。再后来我倒下,蜷卧在荒野中一个土堆边仰望星空。那时我便开始依靠回忆继续行走,继续赶往心不能想、梦不可及之处。有一天我撑着膝盖奇迹般站起，双腿立即碎裂，释放出我的童年与青春。我倒落地上，眼看着它们小草鹿般欢快地奔跑，消失在天边。我随即也离开。离去后又回来，轻轻合上我死不瞑目的眼睛。

所以当你埋葬我时，千万不要相信这样的尸骸中还会剩些什么。能带走的我已全部带走了。你也离开吧。我正在远方等你。

而我的坟墓也在等我。这种漫长的等待，则是我最为黑暗的行走，这种行走比我的脚印更加广阔地遍布于这片荒原。我回头看到我的坟墓，孤零零地高出大地，好像里面埋葬着的我也不曾倒下。我遥望这坟墓，又好像我正在这坟墓之中遥望自己。这种遥望也是行走。这种行走让我与死去的我一日日接近。

行走啊，在这样的荒原上，四面无边，空旷寂静。进入到这里的一切都在不由自主地走。什么也不能作片刻的停留。这旷野四寂，经过的地方从不曾伸出一支手臂对我们进行挽留。即使有，这挽留也是在走，挽留我们，从年轻走向衰老……那么继续走吧，像我一样，把停下的留给坟墓。有人会来找我，看到只有我的名字留在我的墓碑上，他一个字一个字地念出它，令这名字终于也走了……风在走，云在走，星辰转换，日月穿梭。戈壁滩在这一片乱纷纷的脚步声中沉静，四面八方无限地延伸，一步一步地走……

我走着走着扑倒在地，泣不成声。

我们这是要去到哪里？

这种无边无际的走会不会只是为了把我丢失，把我抛弃？

为了让我，永远不能再见到你……

我也曾经想过放弃。那是在一个又一个漆黑的夜里，暴风雨初歇。我靠着一处大地上隆起的土堆，缩作一团。想升起一堆火烘烤衣裳，便摸索着四处寻来湿漉漉的草梗败叶，拢成小小一堆。再抖抖索索掏出火柴，发现它们已经湿透。

那时候暴风雨停了，但更大的一场灾难正在四处酝酿，或是即将降临无边空茫的平静。我什么也不知道，我的等待和我身边的土堆同样被动。就这样，从夏天等到冬天。我起身正要离开时，那土包裂开，里面赫然躺着我的母亲……

我几乎就要放弃了，就在那时——

我的母亲对我说了一句话。然后我流着泪重新将她掩埋。——就这些，全部就这些。你后来听说的，只有我历万劫不死的种种神话。我为你什么都不知道而难过一生。尤其是那种时候你不知道——当我几乎就要放弃了，却突然还想再见你一面……

那一天，我和所有人来到喀姆斯特，看到太阳还没有升起，但天地间明亮清晰。戈壁滩四面八方地起伏、动荡。

有人把我带进一间房子，有人端来黑茶。我不说话，只是哭，只是哭。他们走时，我抓住他们的衣角，苦苦哀求。他们还是走了。黑茶还在冒着热气，满屋脚印在一日日消失之前继续零乱。一个人也没有，一个人也没有。我哭累了，端着黑茶一口一口饮啜着。最后在墙角简单支了张床睡去。从此就在那里过完了一生。

喀姆斯特没有一根苁蓉草。我嘱托过路人从远方带来一丛。我天天等，天天等。后来又有人告诉我，那人有一天死在了远方。

传递噩耗的那人浑身伤痕累累，血迹斑斑。我请他进房子，转身去倒茶。茶端上来时他已不辞而别。他触摸过的地方都在看着我。——我想起来了！我扔了茶碗追出去，茫茫戈壁上，天尽头每一处恍惚亘立的影子都像他远去的背影。我渺小微茫地站在天地间。妈妈，这就是为什么芨芨草的海洋却没有一根芨芨草——我手持那人离去时留下的东西，把它栽种在脚边的地方。它枯朽腐烂后长出了一片云锦灿烂的掐掐花。掐掐花越长越多。我透过这些鲜艳的花朵看到芨芨草丛的茂盛。总得有什么留下呀，总得有什么还在，还愿意在，还渴望着在……

我想我不该把"喀姆斯特"理解成"芨芨草的海洋"。这"海洋"二字一经出口，就会将一切淹没。

这里永远不会有任何海洋，因为亿万年前它曾被海洋所抛弃。海洋退去时将它席卷一空，只留下无边无际的饥渴。

也许芨芨草多的地方会被更多的一些事物所掩盖——那些芨芨草多的地方，必然会因其茂盛而聚生更为盛大美好的愿望。这些愿望高高凌驾于芨芨草的海洋之上，饮吮这海洋中的液体，日益葱茏、盛大、沉重、真实。终于有一天坍塌下来。后来有人说这里曾经降临过一场空前巨烈的沙尘暴。

我抬头仰望，我的蒸腾也在上升，触着蓝天便使其更蓝。

戈壁滩的海也如此动荡在它的上空，一草一石都在随着地气上升渴望。我们看到了海市蜃楼。

我又在一个地方，找到了一种失传千年的文字。它们处处记叙着同样的内容，遗落在亭台楼阁的断壁残垣之中。我小心地在其间走动。月光中，这片荒野中的废墟比荒野还要广阔。一瓦一砖，一梁一栋，随着时间向未可知的一处延伸。我向那一处靠近，遇见了我的祖父。

白天再去时，只看到一大片空空荡荡的雅丹地貌。我四处寻找，一无所获。我再找，再找，从层层凄艳的色彩中找出层层的棺椁。夕阳斜下，我大哭着离开。原来这里只是一片墓地的伪装。那些失传的文字记载的只是一些死去的姓氏名字，一些再也不能为人所理解的墓志铭……它们说，它失传是因为被遗忘……

我一路哭着，跑着，却渐渐停了下来。我看到我的远远停留在公路边的房子，竟然也是刚才那墓群中的一座。我失声喊了一句，这一句一出口便被一些四面八方聚过来的东西团团围住，它们终于找到了！它们正是那些文字，那些铭文，它们通过我的声音找到了自己的发音……

所有人发现的，我的最后的行踪，是我的离开。他们终于回来了，兴高采烈推开门，唤着我遥远的名字。却看到桌子上的那黑茶，仍像许多年前那样盈盈地盛着。

南戈壁!

那些是不是都是真的?

我母亲对我说:"我再死一百次还是会死在这里,我再生一百次还是会生在这里。"

——是不是真的?——是不是真的,那些笨拙无知的诗句,早已一句一句地把我一小部分一小部分地逐步留下。另外的人们经过这里,看到了它们,每每好奇地念出一句,我便忍不住在远方含泪答应一声,不由自主地朝那里赶回。我随时准备着被一个字一个字地索取。我年幼时随手画在大地上的字句,浮显凸突在我所经过的每一处,硌哽着我,阻绊着我,一笔一划,扎进我的心中……

是不是真的?——有人说,不管你在这里埋下的是种子还是尸骨,大地都会把一切当真。

谁让我千百次的经过,全是在夜里呢?我经过时总是看到浩瀚无际的戈壁滩把喀姆斯特轻轻呈向月光……经过喀姆斯特很久后才落下泪来,我想到喀姆斯特就是这样把戈壁滩永远地带走的……后来有一次我千方百计在夜色降临之前抵达这里。他们催我下车,我默念着"芨芨草的海洋",拉开车门,抬头看了一眼便泪流满面……然后从此地出发,走遍了南戈壁……

来，让我告诉你喀姆斯特是什么样子的，它有多大——在东公路三百八十公里处，请跟我去向那里。到了那里，你看公路左边的那间土墙房子，再看公路右边的那口土井，以及井上方那颗被叫作"恰丽畔"的星星。全部就这些。真的，这就是全部的喀姆斯特。戈壁滩就是在这个地方，陷入了深渊……

我选择在一个暴风雪之夜离开。只有暴风雪才能彻底销毁我的踪迹。我走之前，四处充满了种种征兆，戈壁滩就用我的离去和暴风雪的降临加以印证。我和暴风雪相互阻留在夜里，戈壁滩在更为遥远的地方轻轻呼唤一个名字。我竭力辨认这个名字，极度的似曾相识使幻觉出现。我再也无力承受，栽倒在地……终于有人被唤出来了，我抬起头看到风雪深处走来我的孩子——我失声痛哭！你看，我最终还是留下来了……我泪眼婆婆地看着她的眼睛，并看到她身边的爱人正是曾经爱过我的那一个人……又一阵狂风挟着大雪扑了上来。我想，这里的确是一片海洋啊。

我想起了所有的事情，想起约定的那个日子早已过去，不知那人是否还在过去岁月中的那一天里继续等待。

还有我给你带来的掐掐花,是这片戈壁被倾覆颠灭后仅存的东西。它们盛开在一个平静的清晨,我睁开眼睛时,看到它们正在距我一尺之遥的地方随风摇摆。我挣扎着从地上爬起。离开后又回来,把它们轻轻摘下。

我走在南下的路上,看到西天的最后一抹晚霞正在慢慢沉寂。回过头来,东方已经出现曙光。

故 事

从前有一天,这个地方来了很多人。他们翻山越岭而来,撂下箱笼背包,在河边的空地上欢呼、跳跃、互相拥抱,并流下眼泪。从此他们留在了此地。他们打好桩子,支起帐篷和炉灶,在夜里燃起篝火继续热情高歌。又朗诵着诗句与理想,畅谈明天。夜深了,他们相偎着睡去,群山和林野却开始慢慢醒来。群山和林野就着篝火燃烧后的余烬,久久打量他们梦中犹在微笑的脸庞,叹息着记住他们年轻的容颜。

第一年,他们在大地上挖出坑洞,盖上顶子,修出了一个又一个地窝子,住进了里面。他们满怀光荣的理想和年轻的热情围绕着地窝子劳动。无论艰难、痛苦、疲惫、孤独、失望,都不能让他们年轻的心有片刻的放弃。他们设计出比青春更为美好的蓝图,他们种下的树像他们一样在荒岭间挣扎着站稳了。他们热泪盈眶,满心的感激与祝福。

他们中有一些人相爱了。几年后,地窝子群间挺立起几幢土坯房。第一对新人牵手走进了第一幢。新生活慢慢降临。在这样的降临中,第一个婴儿也降临了。这时,这一群大孩子们才开始真正长大,才开始感到孤独。虽然也修了一条近两百公里长的土路与外界相通,却很难与外界对流。两百公里,在那时,恐怕没有人愿意忍受这样漫长孤寂的旅程去聆听一个婴孩落地的哭声。这里实在太荒远太闭塞了,道路因其本身的漫长而成为消磨人意志的阻碍物。它让这儿的消息传到外界时,像是从遥古的岁月传到了未来。它让一个孩子的哭声被外人听到时,这个孩子已经长大成人并开始衰老。

一些人开始怀念故乡。一些人则把房子筑到路旁等候。那路伸进这片院落群中,但再也不能更进一步了。于是,那路就日日夜夜戳着这片渐成规模的住宅群最疼痛的地方。路停在这里,一群人停在这里,顺着路望向来路的尽头。就在这时,孩子的哭声传来,响彻山野。

更多的孩子陆续出生了,大人们忙忙碌碌。这时,他们种下的树已经把他们的家园团团围住,他们耕种的土地也在日益扩张。有一天,道路送来了一辆联合收割机,他们才意识到一场前所未有的丰收的来临。生命中的第二场年轻降临。他们像当年一样奔走相告，自豪而激动。道路又陆续送来其他东西（虽然一次也不曾从这个地方带走过什么）。人们感觉到了前所未有的丰盛的命运。他们决定拦截河流，筑起大坝，修一座水电站。后来真的就这么做了。通电时整个家园灯火辉煌，映亮了夜空一角。众人疯狂欢呼，群山林野沉默不语。

他们认为这就是奇迹，他们自己亲手创造的奇迹。他们规划了住宅区，拓宽了街道，又安装了自来水……然后建起学校、医院、俱乐部、电影院、澡堂……还修建了街心花园，立起了雕塑。最后，他们还建了一座碑，努力使其充满象征意义的碑：一丛刀锋般尖锐陡峭的石群，托起一只鹰……这一切多么不可思议！而他们最辉煌的奇迹则是，在这远离世间，远得，比从天上到世间还要远的地方，在这荒野之中，他们盖起了两幢水泥楼房——五层高，夹在道路尽头的两旁，迎接沿路而来的一切。又像是两只巨大的眼睛，替荒野沉冥的灵魂睁开了，日日夜夜眼望四面八方浩瀚无际的一切。

但山野并不曾为此有丝毫的惊动。或者它也有隐蔽的变化，但从未有人看到过。日子一天天过去，远方仍然还在远方，仍像童年时代的远方那么遥不可及。好像这么多年来走过的路一直是在迷宫中延伸。他们亲手种下的树也渐渐地一棵一棵陌生了，渐渐融入四面山林，直到天边。他们的儿女却永远无法长大，只是后来饮吮了父辈们的衰老与寂寞才有了些许的成熟。他们总是沉默而压抑。他们彼此之间没有友谊和爱情。

想想看，这个世外桃源是一个多么多余的地方啊。它的生产仅能自足，它没有特别的特产奉献出去，它与外界缺乏真正意义上的交流。它看似日益发展，其实没有丝毫改变。它不被了解，不被需要。它是一个仅仅靠梦想维持的地方。

可是心怀梦想的人总得老去并死去，剩下的人则选择让梦想先死。

一些人要走，要离开，另一些人苦苦阻拦。他们在路口纷争不已，他们的孩子远远望着他们哭泣。这些孩子从出世起便只知道哭，只知道哭。

后来哭声一下子全部停止。有人死了。

他的家人护送他的尸体孤独地沿路远去。

当年人们为来到这里而沿途披荆斩棘的时候，根本没想到那时的自己，正行进在未来的一条路上。他们为来这儿，能够抛弃一切，却不能抛弃沿此而来的路。纵然那时，它还只是一些脚印。他们是在希望更多的东西会沿着这条路来到身旁吗？还是，早在那时，他们就想到了离开……

他们觉得被欺骗了。道路用它的艰险漫长阻拦了一切，而他们亲手种下的树迅速如屏风般重重遮挡。但什么也不能阻止空虚的到来。他们在自身残留的纯洁与忠贞中感应着越来越清晰的后悔。他们的儿女止住哭泣，拿自己当年的目光望着自己。

他的孩子也跟了上去。两具尸体被带走，沿着道路从天上回到了人间。这个曾经被称为奇迹的"山野天堂"瞬间消失，所有人几乎一夜间全部走完。

后来的故事，以及一些最重要的事件被山林防备地隐瞒起来。再后来，我来到这里。我穿行在残败的大街小巷，一个院子一个院子挨着拍门，又推开张望。最后走回空旷的小广场，走进破败的，却仍高大挺立的礼堂，看到里面乱石丛杂，草木繁生。屋顶已经没有了。我仰望蓝天，欲要流泪——这才是整个故事最关键的部分。

最关键的一部分是我的到来。然而我来时一切都没有了。大坝被炸毁，机器被搬走，所有的房子腾空，所有的田地荒芜……但那些人们一生的痕迹却被完整留下。这个院子说，这本是一片沼泽，盛放着黄色和紫色的花朵；这条街说，这里本有一棵大树，栖满鸟巢和星光；那个地方也说，那里本来有一眼清泉汩汩涌出；这个地方则接着说它本是那眼清泉流出后拐弯的地方,曾经有两只蜻蜓过来栖停在这里……

我说过这是被梦想维持的一个地方。现在我还是要说,这是一个被梦想维持的地方。

我从两幢楼房之间穿过,在破旧的柏油马路上头也不回地远去。我怕我一回头,那两幢楼房,那两个伏在古老原始的山林间的怪物会瞬间坍塌……且让它留着吧。让它继续在这里等下去,假设所有的故事还未真正开始。